新潮文庫

センセイの鞄

川上弘美著

新潮社版

8279

目次

センセイの鞄《かばん》

月と電池

正式には松本春綱先生であるが、センセイ、とわたしは呼ぶ。「先生」でもなく、「せんせい」でもなく、カタカナで「センセイ」だ。

高校で国語を教わった。担任ではなかったし、国語の授業を特に熱心に聞いたこともなかったから、センセイのことはさほど印象には残っていなかった。卒業してからはずいぶん長く会わなかった。

数年前に駅前の一杯飲み屋で隣あわせて以来、ちょくちょく往来するようになった。センセイは背筋を反らせ気味にカウンターに座っていた。

「まぐろ納豆。蓮根《れんこん》のきんぴら。塩らっきょう」カウンターに座りざまにわたしが頼むのとほぼ同時に隣の背筋のご老体も、

「塩らっきょ。きんぴら蓮根。まぐろ納豆」と頼んだ。趣味の似たひとだと眺めると、向こうも眺めてきた。どこかでこの顔は、と迷っているうちに、センセイの方から、

「大町ツキコさんですね」と口を開いた。驚いて頷《うなず》くと、

「ときどきこの店でお見かけしているんですよ、キミのことは」センセイはつづけた。

「はあ」曖昧《あいまい》に答え、わたしはセンセイをさらに眺めた。ていねいになでつけた白髪、折り目正しいワイシャツ、灰色のチョッキ。カウンターの上には一合徳利とさらしくじら一片の載った皿ともずくが僅《わず》かに残った鉢が置いてある。さても肴《さかな》の趣味の合うご老体だと感心しているうちに、高校の教壇に立っていた姿をかすかに思い出した。センセイは必ず黒板拭《ふ》きを持ちながら板書した。『春は曙《あけぼの》。やうやう』などとチョークで書き、五分もたたない間にすぐさまぬぐってしまう。生徒に向かい講義する間も、黒板拭きを離さなかった。黒板拭きの帯は、センセイの筋ばった左手の甲にはりついているように見えた。

「キミは女のくせに一人でこういう店に来るんですね」センセイはさらしくじらの最後の一片にしずしずと酢味噌《みそ》をからめ、箸《はし》で口に持っていきながら言った。

「はあ」ビールを自分のコップにつぎながら、わたしは答えた。高校時代の先生だったことは思い出したが、名前が出てこなかった。よくも一生徒の名など覚えているものだとはんぶん感心、はんぶん困惑しながら、ビールを干した。

「あのころ、キミはおさげにしていたでしょう」

「はあ」

「店に出入りするキミに見覚えがあったので」

「はあ」

「キミは今年三十八になるんでしたね」

「今年いっぱいはまだ三十七です」

「失敬、失敬」

「いいえ」

「名簿とアルバムを見て、確かめました」

「はあ」

「キミは顔が変わりませんね」

「センセイこそお変わりもなく」名前がわからないのをごまかすために「センセイ」と呼びかけたのだ。以来センセイはセンセイになった。

その夜は日本酒を二人で五合ほど飲んだ。代金はセンセイが払った。次に同じ店で会って飲んだときには、わたしが勘定をした。三回目からは、勘定書もそれぞれ、払うのもそれぞれになった。以来そのやりかたが続いている。往来が途切れずに続いているのは、センセイもわたしもこういう気質だからだろう。肴の好みだけでない、人との間《ま》のとりかたも、似ているのにちがいない。歳《とし》は三十と少し離れているが、同じ歳の友人よりもいっそのこと近く感じるのである。

センセイの家へは、何回か行ったことがある。飲み屋を出て、二軒目へ一緒にはしごすることもあるし、そのままそれぞれの家に帰ることもある。まれに三軒目四軒目までまわることがあり、その後はたいがいセンセイの家で最後の一杯をしめくくることになる。

「ま、近くですから、お寄りなさい」と最初にセンセイが言ったときには少し身構えた。夫人は亡《な》くなったと聞いていた。ひとり住まいの家の中まで入って行くことが少しばかり億劫《おっくう》だったが、酒を飲んでしまえば後を引く質《たち》でもあり、あがりこんだ。

思ったよりも雑然としていた。塵《ちり》ひとつないような部屋かと思っていたが、隅のくらがりのあたりに、もやもやと物が置いてある。玄関につづく古いソファのあるじゅうたん敷きの部屋は、しんとして何の気配もなかったが、次の八畳間には本やら原稿用紙やら新聞やらが散らばっていた。

ちゃぶ台を広げ、部屋の隅に置いてある物の間から一升瓶をひっぱり出し、大きさの違う茶碗《ちゃわん》にセンセイは酒をなみなみとついだ。

「どうぞ召し上がれ」と言い残し、センセイはいったん台所に入った。八畳間は庭に向いていた。雨戸が一枚ぶんだけ開かれている。ガラス戸越しに、木々の枝がうすぼんやりと浮かんで見えた。花の季節ではないので、何の木だかわからない。もともと植物にはあかるくない。鮭《さけ》をほぐしたものと柿《かき》の種を盆に載せてきたセンセイに、

「お庭の木は何ですか」と聞くと、

「桜ばっかりですよ」と答えた。

「全部桜ですか」

「ぜんぶがぜんぶ。妻が好きで」

「春はきれいでしょうね」

「虫はつくし秋は枯れ葉がやたらに多いし冬は枝ばかりでさむざむしい」さほどいやそうにでもなく、センセイは言った。

「月が出てますね」空の高いところに、半月がかかっていた。暈《かさ》のかかった月である。

センセイは柿の種をひとつかみし、茶碗を傾けて酒をふくんだ。

「妻は、用意、だの準備、だののない人間でした」

「はあ」

「好きなものは好き、きらいなものはきらい」

「はあ」

「この柿の種、新潟のものです。辛くていい」

ぴりぴりとした辛味が、なるほど酒によく合った。黙ってしばらく柿の種をつまんだ。庭の木の梢《こずえ》の中で、はばたくものがあった。鳥がいるのだろうか。細い鳴き声も聞こえて、ひとしきり枝や葉を揺らす音もして、それからまた静まった。

「巣でもあるんですか」と聞いたが、答えがない。振り向くと、センセイは新聞に見入っていた。今日の新聞ではない、散らばっていた中からひょいと取ったものだろう。海外通信の、水着の女性の写真が掲載されているあたりを、熱心に読んでいる。わたしが居ることを忘れている様子だった。

「センセイ」もう一度呼びかけたが、返事がない。集中している。

「センセイ」大きな声で呼んだ。センセイが顔を上げた。

「ツキコさん、ご覧になりますか」突然、聞く。返事をする間もなく、センセイは新聞を広げたまま畳に置き、襖《ふすま》を開け次の間に入っていった。古い箪笥《たんす》から、いくつも出し、かかえて戻った。かかえているのは、小さな陶器だった。数回、次の間と八畳間をセンセイは往復した。

「これ、これですよ」センセイは目を細め、そっと畳に陶器を並べた。把手《とって》と蓋《ふた》と注ぎ口のついた器である。

「どうぞご覧ください」

「はあ」何だろう、これは。どこかで見たことのあるような、と思いながら、じっと見た。どれも粗い作りである。急須《きゅうす》だろうか。それにしては小さい。

「汽車土瓶ですよ」センセイが、言った。

「きしゃどびん？」

「駅弁と、この土瓶を買って、旅をしました。今ではお茶はプラスチックの器に入っていますが、昔はこの汽車土瓶に入って売っていた」

並べられた汽車土瓶は、十以上もあった。飴色《あめいろ》のものもあったし、色の浅いものもあった。かたちも、それぞれに違う。注ぎ口の大きいもの、把手が大ぶりなもの、蓋の小さいもの、胴の太っているもの。

「集めてらっしゃるんですか」聞くと、センセイは首を横にふった。

「昔、旅をしたときに駅弁といっしょに買ったものです」

これは大学に入った年、信州に行ったときのもの。こちらは学校の夏休みに同僚と奈良に行く途中、駅に降りて連れのぶんも弁当を買い、ふたたび乗りこもうとした寸前に発車されてしまったときのもの。そちらは新婚旅行の行き道に小田原で買ったもの、割れないように新聞紙にくるんで服の間に入れ、旅行の間じゅう妻が持ち歩いた。畳に横一列に並べられた汽車土瓶をひとつひとつ指さしながら、センセイは説明した。

わたしは、はあ、はあ、と頷くばかりだった。

「こういうものを、蒐集《しゅうしゅう》するひとがいると聞きましてね」

「それでセンセイも」

「まさか。そんな酔狂なことはワタクシいたしません」

もともとあったものを、並べてみるだけですよ、とセンセイは目を細めた。

「ワタクシはね、ものを捨てられないんですよ」センセイは言いながらもういちど次の間に行き、こんどは小さなビニール袋をいくつもかかえて戻ってきた。

「これはね」と言いながら結んだビニール袋の口をほどいた。中から取り出す。取り出されたのは、たくさんの電池だった。おのおのの電池の腹に、『ヒゲソリ』『掛時計』『ラジオ』『懐中デントウ』などと黒マジックで書いてある。単二の電池を手に取り、

「これは伊勢湾台風のあった年の電池ですね。東京にもあんがい大きな台風が来て、ひと夏で懐中電灯の電池を使いきった」

「こっちはカセットテープレコーダーを初めて買ったとき、単二が八本も必要で、それもすぐにくわれてしまう、ベートーベンの交響曲のカセットなんぞを何回もひっくりかえして聞いているうちに、数日で電池を使い切ってしまったものでした、八本全

部は取っておけないんだが、うちの一本だけでも取っとこうって、目をつぶって八本の中からえいや、と選んだ」

などと説明する。せっせと自分のために働いてくれた電池があわれで捨てられない。今まで灯をともしたり音をならしたりモーターを動かしたりしてくれていた電池だのに、死んでしまったとたんに捨てるとは情のないことだ。

「そうじゃないですか、ツキコさん？」センセイは、わたしの顔をのぞきこんだ。何と答えていいのか、今宵《こよい》十何回かめの「はあ」を発しながら、わたしは大小何十個もある電池のうちのひとつに指先で触れた。錆《さ》びて湿っている。腹に『カシオケイサンキ』と書いてある。

「月が、ずいぶん傾いてきましたね」センセイは首をもたげて言った。月は暈の中から抜け出て、くっきりと輝いている。

「汽車土瓶で飲んだお茶はおいしかったでしょうね」わたしがつぶやくと、

「お茶淹《い》れましょうかね」と言いながらセンセイはついと手をのばした。一升瓶の置いてあったあたりをがさごそかきまわして茶筒を取り出した。飴色の汽車土瓶に無造作に茶の葉をいれ、ちゃぶ台の横に置いてあった古い魔法瓶の蓋を開け、湯を注いだ。

「この魔法瓶はね、生徒がくれました。アメリカ製の昔のものですが、昨日沸かして入れた湯がまだ熱い、たいしたもんです」

酒を飲んでいた茶碗にそのままセンセイは茶を淹れ、それから魔法瓶を大事そうに撫《な》でた。茶碗にまだ酒が残っていたらしく、茶は妙な味がした。急に酒がまわってきて、視界が愉快な感じになってきた。

「センセイ、お部屋の中拝見してもいいですか」と言うなり、センセイの答えも聞かずわたしは八畳間の隅に散らかっている物の中に踏みこんだ。反故《ほご》がある。古いジッポのライターがある。錆の浮いた手鏡がある。革の大きな黒鞄《かばん》、使いこんで皺《しわ》のよったのが、三つある。三つとも同じ型だ。花鋏《ばさみ》がある。手文庫がある。プラスチック製の黒い箱のようなものがある。目盛りと針がついている。

「これ、何ですか」目盛りのついた黒い箱を手に取って、わたしは聞いた。

「どれどれ。ああそれね。それはテスターですよ」

テスター？　と問い返すわたしの手からセンセイは黒い箱をそっと受け取り、物の間をがさごそかきまわした。黒と赤のコードを一本ずつ見つけると、テスターにつないだ。コードの先には端子がついている。

「こうやって」言いながら、センセイは『ヒゲソリ』と書いてある電池の片側に赤のコードの端子を、もう片側に黒のコードの端子をくっつけた。

「ほら、ツキコさん、見てください」両手がふさがっているので、センセイは顎《あご》をつきだしてテスターの目盛りを示した。針がこまかくふるえている。端子を電池から離すと針は静止し、もういちどつけると、振れる。

「まだ電気が残っているんですね」センセイは静かに言った。

「モーターを動かすほどの力はないが、ほんの少し生きてる」

いくつもある電池を、いちいちセンセイはテスターで測っていった。ほとんどの電池は端子をつけてもメーターの針を振れさせなかったが、まれに針を動かす電池がある。針が動くたびに、センセイは「お」と小さく声をあげた。

「ほそぼそ生きてるんですね」と言うと、センセイはかすかに頷いた。

「そのうちに全部死に絶えるけれどねえ」のんびりした、遠い声である。

「箪笥の中で、まっとうするんですねえ」

「そうだねえ、そういうことになるかねえ」

しばらくわたしたちは黙って月を眺めたりしていたが、やがて、

「もうちょっと酒飲みますか」とセンセイは元気な声で言って茶碗に酒を注いだ。

「あれれ、まだ茶が残ってたな」

「お茶割りですね」

「酒は割るもんじゃない」

「かまいませんよセンセイ」

かまいませんかまいませんと言いながら、わたしはひといきに酒をあけた。センセイはちびちびとすすっている。月がこうこうと輝いている。

『柳洩《も》る
夜の河白く
河越えて煙《けぶり》の小野に』

突然センセイが唱えた。ろうろうとした声である。

「なんですか、そのお経のようなのは」とわたしが聞くと、センセイは憤然とした様子で、

「ツキコさんあなた国語の授業ちゃんと聞いてなかったですね」と言った。

「そんなの教わりませんよ」言い返すと、

「伊良子《いらこ》清白《せいはく》でしょうが」とセンセイが答える。先生くさい口調だ。

「イラコセイハクなんて聞いたこともない」言いながらわたしは一升瓶を持って勝手に自分の茶碗に酒を注いだ。

「女のくせに一升瓶を手酌ですかキミは」センセイが叱《しか》る。

「古いですねセンセイは」と口答えすると、

「古くて結構、結構毛だらけ」とつぶやきながらセンセイも自分の茶碗いっぱいに酒を注いだ。

『河越えて煙の小野に
　かすかなる笛の音ありて
旅人の胸に触れたり』

センセイは続きを唱えはじめる。目をつぶり、自分の声に聞き入るようにして唱えている。わたしはぼんやりと大小の電池を眺めた。電池は、淡い光のもとでしんと静まっていた。月がふたたび暈をまといはじめていた。

ひよこ

八の日に立つ市《いち》に行きましょう、と誘ったのはセンセイだった。

「市が立つのは、八日と十八日と二十八日。今月は二十八日が日曜日ですから、キミはその日が好都合でしょう」そう言って、センセイはいつもの黒い鞄《かばん》から手帳を取り出した。

「二十八日ですか」答えながら、わたしは自分の手帳をゆっくりとめくったが、なに、予定など最初から無い。

「その日なら、ええ、大丈夫です」もったいをつけて答えた。太い万年筆で、センセイは手帳の二十八日のところに『八の市　ツキコさん　正午南町バス停前』と書きこんだ。達筆である。

「正午に、お会いしましょう」センセイは鞄に手帳をしまいながら、言った。センセイと白日のもとで会うのは、珍しい。この薄暗い飲み屋で、今の季節ならば冷や奴《やっこ》、少し前の季節ならば湯豆腐を箸《はし》でくずしながら、ちびちびと酒など飲みながら隣合う、というのがいつものセンセイとわたしの会いかたである。会いかた、と言ったって、約束をするわけでもない、たまたま居合わせるだけである。数週間顔を見ないこともあるし、毎晩のように会うこともある。

「市って、何の市ですか」わたしは自分の杯に酒をつぎながら聞いた。

「市は市ですよ。市といえば、生活のものあれこれです。むろん」

センセイと生活のものあれこれを一緒に見に行くというのも妙な話だと思ったが、まあいいだろう。正午南町バス停前、とわたしも手帳に書きこんだ。

センセイはゆっくりと杯を干し、手酌でふたたび杯を満たした。一合徳利をほんのちょっと傾け、とくとくと音をたてつぐ。杯すれすれに徳利を傾けるのでなく、卓上に置いた杯よりもずいぶん高い場所に徳利を持ち、傾ける。酒は細い流れをつくって杯に吸い込まれるように落ちてゆく。一滴もこぼれない。うまいものである。わたしもいつかセンセイの真似《まね》をして徳利を高く持ち傾けてみたことがあったが、ほとんどがこぼれてしまった。もったいないことだった。以来、杯は左手にしっかり持ち徳利は右手で杯ぎりぎりまで近づけてつぐという無粋な手酌に徹している。

そういえば、ツキコさんのする酌は色気がないね、と以前会社の同僚に言われたことがあった。色気という言葉も大時代だが、酌をするのが女であるというだけで色気を求めることも、大時代である。驚いて同僚をまじまじと眺めた。ところがこの同僚、何を勘違いしたのか、店を出た後、くらがりに入って接吻《せっぷん》をしかけてきたのである。こりゃいかん、と、ぐいぐい押しつけられてくる同僚の顔を両手ではっしと受け止め、押しやった。

「こわがらないでいいんだよ」わたしの手をはがしてふたたび顔を近づけて来ながら、同僚はささやいた。どこまでも大時代である。吹き出しそうになるのをぐっとこらえた。

「今日はお日柄も悪いし」口調も表情も大真面目《まじめ》に、言った。

「おひがら？」

「友引ですから。明日は赤口《しゃっこう》、庚寅《かのえとら》ですし」

「あ？」

口をぽかんと開けている同僚をくらがりに置き、さっと走って地下鉄の入り口を下った。階段を下りてからもしばらく走った。同僚がついて来る様子のないことを確かめてから、手洗いに入って用を足し、それからていねいに手を洗った。鏡の中の、少し髪を乱した自分の顔を見ながら、くすくすと笑った。

センセイは酌を受けることを好まない。ビールも酒も、自分自身でていねいにつぐ。一度、ビールの最初の一杯をセンセイのコップについだことがある。ビール瓶をセンセイのコップへ傾けた瞬間、センセイは毛一筋、いや三筋ほどだろうか、みじろぎをした。しかし何も言わなかった。コップがいっぱいになると、センセイは静かにコップを持ちあげ、かんぱい、と口の中で小さく言い、一息に飲み干した。全部飲んだところで、少しむせた。あわてて飲み干したのに違いない。一刻もはやく飲み干したかったのに違いない。次の一杯をつぎ足そうとしてビール瓶を持ち上げると、センセイは背筋をたてなおし、

「ああ、ありがとうございます。でもようござんす。ワタクシは手酌を好みますので」と言った。以来センセイに酌はしないことにしている。センセイが、わたしの杯に酌をしてくれることは、ときおりあるのだが。


バス停の前で待っていると、センセイが来た。十五分前にわたしが着いて、十分前にセンセイが着いた。よく晴れた日曜日だった。

「あんなに欅《けやき》がざわざわしてますな」センセイは言って、バス停の横手にある数本の欅を眺め上げた。なるほど、濃い緑に繁《しげ》った欅の枝がしなっている。風はさほど強く感じられないのに、空高くにある欅の梢《こずえ》は、大きく揺れているのである。

暑い夏の一日だったが、湿度が低いので、陰に入ると涼しい。寺町までバスに乗り、

そこから少し歩いた。センセイはパナマ帽をかぶって、渋い色のアロハシャツを着ている。

「シャツ、お似合いですね」と言うと、

「いや、そんなことも」センセイは早口で答え、足を速めた。しばらく早足で二人して無言のまま歩いたが、じきにセンセイは歩調をゆるめ、

「腹が減りませんか」と聞いた。

「それよりも、ちょっと息が切れました」答えると、センセイは笑い、

「ツキコさんがへんなこと言うからいけません」と言った。

「へんなことなんか言ってませんよ。センセイ、お洒落《しゃれ》なんですね」というわたしの言葉には答えず、センセイはすぐそばにある弁当屋に入って行った。

「豚キムチ弁当スペシャル一つね」とセンセイは店の女性に言い、わたしに向き直った。

ツキコさんは？　センセイが目でうながす。メニューが多すぎて、なにがなんだかわからない。ビビンバ目玉焼き入り、というのに一瞬こころひかれたが、入っているのが卵黄ではなく目玉焼きなのが気に入らなかった。一度迷い始めると、かぎりなく優柔不断になる。

「わたしも豚キムチ弁当を」迷いに迷ったすえ、結局センセイと同じものになってしまった。店の隅にあるベンチに、センセイと並んで腰かけて弁当のできあがりを待った。

「センセイ、注文しなれてますね」と言うと、センセイは頷《うなず》いた。

「ひとり住まいですからね。ツキコさんは料理、なさいますか」

「恋人がいるときはするんですがねえ」答えると、センセイは真面目に頷いた。

「それは道理だ。ワタクシも恋人の一人や二人、つくればいいのでしょうね」

「二人もいると、たいへんでしょう」

「二人が、まあ限度でしょうね」

埒《らち》もないことを言いあっているうちに、弁当ができあがった。大きさの違う二つの弁当を、店の人が手提げのポリ袋に入れてくれた。大きさが違いますね、同じもの頼んだのに、とセンセイに耳打ちすると、だってあなた、スペシャルじゃなくて普通の方頼んだじゃありませんか、とセンセイも小声で、答えた。外に出ると、少し風が強くなっていた。センセイは弁当の入ったポリ袋を右手に提げ、左手でパナマ帽を押さえた。

道沿いにぱらぱらと露店があらわれはじめた。地下足袋ばかり売っている露店がある。折りたたみ傘を売っている露店がある。古着の露店がある。古本と新しい本を取り混ぜて売っている露店がある。そのうちに、道の両側を露店がぎっしり埋めるようになってきた。

「ここいらはね、四十年前の台風の大水のときに、すっかり水にやられてね」

「四十年前」

「ずいぶんと人も死んだ」

そのころから市は立っていたのですよ、とセンセイは説明した。大水の翌年は規模が縮小されたが、その翌年からはふたたび大がかりな市が月に三回立つようになった。市は年々盛んになり、今では寺町バス停から次の川筋西バス停までの間の道は、八の日以外の日でもほとんどの露店が開いている。

「こっち、こっち」と言いながらセンセイは、道からはずれた小さな公園に踏み入った。人けのない公園である。表の道には人があふれているのに、一歩入ったここはしんと静まりかえっている。公園の入り口にある自動販売機で、センセイは玄米茶を二本買った。

ベンチに並び、弁当のふたを開けた。開けたとたんに、キムチの匂《にお》いが立った。

「センセイのは、スペシャルなんですね」

「スペシャルですとも」

「どう違うんでしょう、普通のと」

二人で頭を並べ、二つの弁当をじっくりと眺めた。

「さしたる違いはありませんな」センセイは愉快そうに言った。

玄米茶をゆっくりと飲んだ。風はあるが、真夏のこととて水分がなつかしい。冷たい玄米茶が喉《のど》を湿らせながら落ちてゆく。

「ツキコさん、うまそうな食べ方してますな」豚キムチの残りの汁にご飯をまぶして食べているわたしを見ながら、センセイはうらやましそうに言った。センセイはすでに食べ終えている。

「行儀悪でごめんなさい」

「たしかに行儀はなっとらんです。でもうまそうだ」空の弁当箱にふたをして、輪ゴムをかけなおしながら、センセイは繰り返した。公園には欅と桜が交互に植えられていた。古い公園なのだろう、欅も桜も丈高く育っている。

雑貨類を売る一角を過ぎると、食料品をあつかう露店が多くなった。豆ばかり売っている露店。さまざまな貝を売る露店。小さなえび、小さな蟹《かに》を籠《かご》に盛って売る露店。

バナナの露店。センセイはいちいち立ち止まり、のぞきこむ。背を反らしぎみに、露店からほんの少し離れた場所から姿勢よくのぞきこむ。

「ツキコさん、その魚は生きがよさそうだ」

「ちょっと蠅《はえ》がたかってますよ」

「蠅はたかるものです」

「センセイ、そこの鶏《とり》、買わないんですか」

「一羽まるごとありますね。羽根をむしるのが難儀だ」

勝手なことを言いあいながら、店をひやかした。露店はどんどん密になってくる。軒をぎっしりとつらね、呼び込みの口上を競いあっている。

おかあちゃん、このにんじん、おいしそうだよ。子供が買い物籠を提げた母親に向かって言っている。おまえ、にんじん嫌いなんじゃなかったの。母親が驚いたように聞く。だって、このにんじん、なんかおいしそうなんだもん。子供は利発そうな口調で答える。ぼうやよくわかるね、うまいんだよっ、この店の野菜は。店の主人が声をはりあげる。

「うまいんでしょうかね、あのにんじん」センセイは真剣ににんじんを観察している。

「普通のにんじんに見えますけど」

「ふうむ」

センセイのパナマ帽が少しはすになっている。人波に押されるようにして歩いた。ときおりセンセイの姿が人に隠れて見えなくなった。そこだけはいつも見えているパナマ帽のてっぺんを頼りに、センセイを捜した。センセイのほうはわたしがいるかいないかにはぜんぜん頓着《とんちゃく》しない。犬が電柱ごとに止まってしまうように、気になる露店の前に来ると、すぐさまセンセイも立ち止まってしまう。

さきほどの母子《ははこ》連れが茸《きのこ》の露店の前に佇《たたず》んでいた。センセイも母子のうしろに佇む。かあちゃん、このキヌガサタケ、おいしそうだよ。おまえ、キヌガサタケ嫌いなんじゃなかったの。だってこのキヌガサタケ、なんかおいしそうなんだもん。母子は同じことを言い合っていた。

「サクラだったんですね」センセイは嬉《うれ》しそうに言った。

「母子連れっていうのが、ちょっとした工夫でしょうかね」

「キヌガサタケってのは、やりすぎです」

「はあ」

「マイタケくらいにしておいたほうがいい」

食料品の露店がいつの間にか少なくなっている。大きなものをあつかう店が増えてきた。家庭電化製品。コンピューター。電話機。小型の冷蔵庫が、色違いでいくつも並べてある。古いレコードプレイヤーにLPがかかっている。バイオリンの音色が、低く聞こえる。昔ふうの素朴な曲である。センセイは曲が終わるまで、じっと聞いていた。

まだ午後のなかばなのに、夕方の気配が、ごくごくうすくにじみはじめていた。いちばん暑い盛りを、ほんの少し過ぎたころである。

「喉がかわきませんか」センセイが聞いた。

「でも、夕方にビール飲みますから、それまでは何も口にしません」答えると、センセイは満足そうに頷いた。

「よくできました」

「テストだったんですか」

「ツキコさんは酒にかんしてはできのいい生徒だ。国語の成績の方はさっぱりでしたが」

猫を売る露店があった。生まれたての猫もいるし、大きな、体を持て余したような猫もいる。子供が、母親に猫をねだっていた。さきほどのサクラ親子である。

猫飼う場所がないわよ、と母親が言った。いいよ、外猫にして飼うから。子供が小さく答える。外ったって、外でちゃんと生きていけるかしら、こういう売り猫は。だいじょうぶだよ、なんとかなるよ。猫売りの店主は、黙って親子のやりとりを聞いている。やがて子供が虎縞《とらじま》の小さいのを指さした。店主が虎縞をやわらかい布に包みこみ、母親が受け取って買い物籠の中にそっとしまった。籠の底から、虎縞がにゃあにゃあいう声が、かすかに聞こえてくる。

「ツキコさん」突然センセイが言った。

「え」

「ワタクシも、買います」

猫の露店ではなく、ひよこの露店に、センセイは近づいていった。

「雌と、雄とを、一羽ずつ」センセイはきっぱりと言った。

左右に分けられたひよこの群れの中から一羽ずつをひょいと取り出し、店の主人はちいさな箱二つの中にそれぞれのひよこをしまった。あいよ、と言いながら、センセイに渡した。センセイはおっかなびっくり、箱を受け取った。左手の上に二つの箱を載せたまま、右手でポケットから財布を出し、わたしに渡そうとした。

「申し訳ない、その中から払ってください」

「わたしが箱持ってます」

「ああ」

センセイのパナマ帽がさきほどよりもさらにはすになっている。ハンカチで汗をぬぐいながら、センセイは金を払った。財布を胸ポケットにしまい、しばらく迷ってから、センセイはパナマ帽を脱いだ。

センセイは帽子をさかさに持った。そして、わたしの手からひよこの箱を一つずつ受け取り、さかさに持った帽子の中に入れた。二つの箱が帽子の中におさまると、センセイは大事そうに帽子を脇《わき》にかかえ、歩きはじめた。

川筋西の停留所でバスに乗った。帰りのバスは、行きよりもすいていた。市にはふたたび人が多くなっている。夕方の買い物をする人たちだろう。

「ひよこの雄雌を見分けるのって、むつかしいんだそうですね」わたしが言うと、センセイは、ふん、というような声をあげた。

「そのくらいはワタクシも知っています」

「はあ」

「このひよこが、雄でも雌でも、どちらでもよろしい」

「はあ」

「一羽だと可哀相《かわいそう》だからです」

「そうですか」

「そうです」

そんなものか、と思いながらバスを下り、先に立っていつもの飲み屋に入って行くセンセイに従った。ビール。瓶を二本。センセイはすぐさま注文した。枝豆もね。ビールとコップがすぐに出された。

「センセイ、ビールつぎましょうか」わたしが聞くと、センセイは首を横に振った。

「いいえ。ワタクシがツキコさんについであげましょう。ワタクシのぶんもワタクシがつぎます」あいかわらず、つがせてくれない。

「センセイはお酌されるのが、嫌いですか」

「上手な人ならいいんですがね、ツキコさんは下手だ」

「そうですか」

「ワタクシが、教えてあげましょう」

「いいえ、結構です」

「かたくなな人だ」

「センセイこそ」

センセイのついでくれたビールは、泡が固くたっていた。ひよこはどこで飼うんですか、と聞くと、しばらくは家の中で、とセンセイは答えた。ひよこが動く音が、帽子の中の箱から、かすかに聞こえる。動物を飼うのはお好きなんですか、と聞くと、センセイは首を横に振った。

「得手ではないですね」

「だいじょうぶですか」

「ひよこならね、そんなに可愛《かわい》くないでしょう」

「可愛くないのがいいんですか」

「可愛いと、つい夢中になる」

かさこそと、ひよこは箱の中で動いている。センセイがコップを干したので、わたしはビールをついでみた。センセイはこばまなかった。もうちょっと、泡たてて。そうそう。そんなふうに言いながら、わたしの酌を静かに受けた。

ひよこを早く広いところに出してやらなくてはね、と言いながら、その日はビールだけでおしまいにした。枝豆と、焼き茄子《なす》と、たこわさを食べおえてから、きっちりと割勘にした。

飲み屋の外に出ると、ほとんど日が暮れていた。市で見た母子はもう夕飯を食べ終えただろうか。猫はにゃあにゃあ言っているだろうか。夕焼けが、ほんのわずか、西の空に残っている。

二十二個の星

センセイと、口をきいていない。

会わないのではない。いつもの居酒屋で、ちょくちょく顔はあわせるのだが、口を、きかない。店に入り、目の隅でお互いがいることをちらりと確かめあってから、きっぱりと知らんぷりを決めこむ。わたしも知らんぷりだし、センセイも知らんぷりだ。

店の日替わりの品を書いてある黒板に、「鍋《なべ》ものあります」の文字があらわれ始めたころからのことだから、そろそろひと月ほどになろうか。ときにはカウンターの隣どうしになることもあるのに、ぜったいに口を、きかない。

そもそもの始まりは、ラジオだった。

野球中継を放送していたのだ。ペナントレースも終盤にさしかかっていた。店のラジオがつけられているのは珍しいことで、カウンターにひじをついたわたしは、ぼんやりと放送に聞き入りながら燗《かん》酒を飲んでいた。

しばらくすると扉が開いてセンセイが入ってきた。センセイはわたしの隣の席に座りながら、「鍋は何ですか」と店主に聞いた。アルミニウムのでこぼこした一人づかいの鍋が、戸棚に何枚も重ねてある。

「鱈《たら》のチリですよ」

「そりゃあ、いいね」

「じゃ、鍋、行きますか」店主が聞くと、しかしセンセイは首を横に振った。

「塩ウニにします」

あいかわらず先の読めない人だ、と内心で思いながらわたしはやりとりを聞いていた。先攻チームの三番打者が長打を放ち、ラジオからの笛太鼓の応援の音が高まった。

「ツキコさんの贔屓《ひいき》の球団は、どちらですか」

「特に」とわたしは答え、燗酒を杯に満たした。店じゅうの客が、熱心にラジオを聞いている。

「ワタクシは、むろん巨人です」センセイは言い、ビールをひと息に飲み干し、酒に移った。いつもよりも、なんといおうか、熱意がある。何の熱意だろう。

「むろん、ですか」

「むろん、です」

中継は巨人阪神戦だった。贔屓の球団はないが、じつはわたしは巨人嫌いである。

以前は「アンチ巨人」をおおっぴらに標榜《ひょうぼう》していた。あるとき、アンチ巨人とはつまり素直に巨人を好きと言えない頑固な人間の裏返しの表現であろう、との指摘を誰やらから受け、どこかしら思い当たるふしもあり、いまいましくなって「巨人」という言葉を口にしなくなった。野球中継からも遠ざかった。実際のところ、巨人好きなのか巨人嫌いなのか、しかとは自分でもわからない。曖昧模糊《あいまいもこ》のものである。

センセイはゆっくりと徳利を傾けていた。巨人の投手が三振を取るたびに、打者がヒットを飛ばすたびに、センセイは大きく頷《うなず》いた。

「ツキコさん、どうしたんです」七回表にホームランが出て、巨人が阪神を三点リードしたところで、センセイが聞いた。

「びんぼう揺すりしてますよ」

点差が開いてきてから、わたしはびんぼう揺すりを始めていたのである。

「夜になると冷えますね」センセイのいる方へではなく、天井の方に向かって、わたしはぜんぜん関係のないことを答えた。そのとたんに巨人の選手がまたヒットを打った。「おおっ」とセンセイが叫んだのと、「くそっ」とわたしが思わずつぶやいたのが、同時だった。だめ押しの四点差目が入り、店の中は沸いた。なぜ巨人ファンというものは市井《しせい》にあふれかえっているのだろう。いまいましい。

「ツキコさんは、巨人がお嫌いですか」九回裏、阪神がツーアウトに追い込まれたころ、センセイが聞いた。わたしは無言で頷いた。店の中は静まっている。ほとんどの客がラジオに聞き入っていた。不穏な心もちだった。久しぶりに野球中継を聞き、巨人嫌いの血が騒いでしまった。わたしはやはり素直な「巨人嫌い」なのであって、ひねくれた「巨人好き」などではないわい、と確信していた。

「だいきらいですね」わたしは低い声で言った。

センセイは目をみひらき、

「日本人なのに、巨人が嫌いとは」とつぶやいた。

「なんですかその偏見は」とわたしが言うのと、阪神の最後の打者が三振をくらったのとが、同時だった。センセイは椅子《いす》から立ち上がり、高く杯をかかげた。試合終了の声がラジオから流れ、店にざわめきが戻ってきた。急にあちらこちらの席から酒やつまみが注文され、店主はそのたびに「へいっ」と高らかに答えた。

「ツキコさん、勝ちましたね」にこにことしながら、センセイは自分の徳利からわたしの杯に酒をつごうとした。珍しいことである。わたしたちは、お互いの酒やつまみに立ち入らないことを旨《むね》としている。注文は各々《おのおの》で。酒は手酌のこと。勘定も別々に。そういうやり方を守ってきたはずだった。ところがここに来てセンセイが酒をつぐ。

暗黙の取り決めを破る。これというのも、巨人が勝ったりするからだ。わたしとセンセイの間の心地よい距離を無遠慮に縮めにくるなんて、百年早い。巨人のくそったれ。

「それが、なにか」センセイの徳利をよけながら、わたしは低く低く、言った。

「長嶋《ながしま》の采配《さいはい》は、いいですね」よけようとするわたしの杯に、センセイは器用に酒をついだ。一滴もこぼれない。見事なものだ。

「それはようございましたことでございますね」センセイのついでくれた酒に口をつけずに杯を戻し、わたしは横を向いた。

「ツキコさん、その『ございます』の使い方はヘンですよ」

「悪うございましたことでございます」

「ピッチャーも、うまかった」

センセイは、笑っていた。笑うか、このやろ、とわたしは心の中でののしった。センセイは、大いに笑っていた。物静かなセンセイらしくない、呵々《かか》とした笑い。

「もうその話はやめましょう」わたしは言いながら、センセイをにらんだ。しかしセンセイは笑いやめない。センセイの笑いの奥に、妙なものが漂っていた。小さな蟻《あり》をつぶしてよろこぶ少年の目の奥にあるようなもの。

「やめませんよ。やめませんとも」

なんということだろう。センセイは、わたしの巨人嫌いを知って、厭味《いやみ》を楽しんでいるのである。たしかに、センセイは楽しんでいた。

「巨人っていう球団はね、くそったれです」わたしは言い、センセイがついでくれた酒を、あまさず空いた皿にこぼした。

「くそったれとは。妙齢の女性の言葉にしては、ナンですねえ」センセイは落ちつきはらった声で答えた。背筋をいつもにも増してぴんと伸ばし、杯を干す。

「妙齢の女性ではありません、わたしは」

「それは失敬」

不穏な空気が、センセイとわたしの間にたちこめていた。センセイの方に、分がある。なにしろ巨人は勝ったのだ。しばらく無言でわたしたちは手酌を繰り返した。肴《さかな》も頼まず、ただひたすら杯を重ねた。しまいにはセンセイもわたしもすっかり酔った。そのまま無言で勘定をすませ、店を出て、お互いの家へ帰った。以来、口をきいていない。

そういえば、センセイばかりと一緒だった。

センセイ以外の人間と、隣あって酒を飲んだり道を歩いたり面白げなものを見たり、そういうことを、ここしばらくしていなかった。

センセイと近しくなる前は、それならば誰と一緒だったかと考えるが、思いつかない。

一人だった。一人でバスに乗り、一人で街中《まちなか》を歩き、一人で買い物をし、一人で飲酒した。センセイと一緒に居るときも、以前一人でことごとを行っていたときと、心もちに変わりはない。それならばわざわざセンセイと一緒でなくともいいようなものだが、一緒であることの方がまっとうな感じだった。まっとう、というのも妙か。買った本の帯を取るよりも取らずに置いておきたいのと同じ、とでもいえばいいだろうか。帯にたとえられたと知ったなら、センセイは怒るかもしれない。

居酒屋でセンセイに会って知らんぷりをしあうのは、帯と本がばらばらに置かれているようで、おさまりが悪い。しかし、おさまり悪いものをかんたんにおさまり良く直すのも、癪《しゃく》なのだ。癪に思うのは、センセイも同様にちがいない。それで、いつまでたっても知らんぷりが続くことになる。

仕事で、合羽橋《かっぱ》に行くことがあった。薄い上着一枚ではもう寒い、風の強い日だった。秋の蕭々《しょうしょう》とした風ではない。冬の荒々しい寒さを呼ぶ、そんな風の日だった。合羽橋には什器《じゅうき》食器類の問屋が多くある。鍋や釜《かま》、皿小鉢にこまごまとした厨《くりや》のもの。用を済ませた後に、店をひやかして歩いた。同じ種類の銅鍋の、径が一寸きざみに小さくなってゆくものが、中に中に入れ子に重ねられている。土鍋のいやに大きいのが店先に飾ってある。フライ返しやおたまが、さまざまな大きさでとり揃《そろ》えられている。刃物屋がある。出刃やら菜切やら柳刃やらの刃先だけがガラス戸の中に並んでいる。つめ切りもあれば花鋏《ばさみ》もある。

刃の光に引かれて店に入ると、隅に卸金がいくつか積んであった。「卸金セール中」と厚紙に書いたものが、大小あるいくつもの卸金をまとめた持ち手のところに、輪ゴムで留められていた。

「おいくらですか」小さめの卸金を持って売り子さんに聞くと、「千円だよ」前掛けをした売り子さんは答えた。「消費税入れて、千円ちょうど」と続ける。『しょうひぜい』が『ひょうしぜい』と聞こえた。千円ちょうど払い、包んでもらった。

卸金は、すでに持っている。合羽橋は、来れば何か買いたくなる場所だ。以前来たときも、大きな鉄鍋を買った。大人数の集まりがあったときに便利だろうと思ったのだが、大人数の集まりを部屋ですることが、ほとんどない。集まることがあっても、扱い慣れていない大鍋では、何を作ろうということを思いつかなかった。そのまま台所の棚の奥にしまいっぱなしになっている。

新しい卸金を買ったのは、センセイにあげようと思ったからだ。光っている刃物を見ているうちに、センセイに会いたくなった。そこに肌が触れれば、すっと切れて赤い血がにじみ出るだろう鋭い刃先を見ているうちに、センセイに会いたくなった。刃物の光がなぜそんな心もちを引き出すのかそのからくりは判《わか》らない、しかし無闇矢鱈《むやみやたら》とセンセイに会いたくなった。出刃包丁でも買ってセンセイの家に持参しようかとも思ったが、刃物はセンセイのあの家には騒がしい。センセイの家のおぐらい湿った空気に似合わない。それで、よく目立てのされている卸金にした。千円きっかりというのも、よかった。万のお金を出して、センセイに知らんぷりしつづけられたら、腹がたつ。センセイがそんな不実な人物とは思わないが、いかんせん巨人贔屓の人である。しんそこまで信用するわけには、いかない。

それからしばらくして、居酒屋でセンセイに行き合った。あいかわらずセンセイは知らんぷりをきめこんでいる。こちらも釣られてつい同じ調子になってしまう。

カウンターの、二つ置いて隣の席だった。間に、新聞を読みながら独酌している男性がいた。新聞の向こうでセンセイは湯豆腐を注文した。わたしも湯豆腐を頼んだ。

「お寒うござんすね」と店の人が言い、センセイは頷いた。「そうですね」と小さな声で答えたかもしれない。新聞のがさがさいう音で、聞きとれなかった。

「ほんとうに、急に冷えてきましたね」新聞紙の男性越しにわたしが言うと、センセイはこちらを一瞥《いちべつ》した。おや、という表情である。そこで会釈《えしやく》でもすればいいものを、うまく体が動かない。すぐに顔をそむけてしまった。センセイがゆっくりとわたしに背を向ける気配が、新聞紙の男性越しにつたわってきた。

湯豆腐が来て、センセイと同じ速さでつつき、センセイと同じ速さで杯をあけ、センセイと同じ速さで酔っぱらった。二人とも緊張しているので、いつもより酔いがまわりにくい。新聞紙の男性は、なかなか腰をあげようとしない。わたしもセンセイも、そっぽを向いたまま、男性をはさんで平静をよそおって飲んでいる。

「日本シリーズも、終わったね」男性が店の人に向かって言った。

「じきに冬ですよ」

「寒いのはいやだねえ」

「鍋《なべ》がおいしくなりますよ」

男性と、店の人が、のんびりと言い交わしている。センセイが頭をめぐらせた。わたしを見ているようだ。視線が、じわじわと寄せてくるのが感じられる。わたしも、慎重にセンセイの方を振り向いた。

「こちらに、来ますか」センセイが、小さく言った。

「ええ」わたしも、小声で答えた。

新聞紙の男性と反対側のセンセイの横の席が、あいている。移ります、と店の人に言ってから、杯と徳利を持って移っていった。

「どうも」とわたしが言うと、センセイは、「ああ」とかなんとか、口の中でほとんど聞こえないような音を出した。

それから、二人して正面を向いたまま、それぞれの酒をそれぞれに飲みはじめた。

勘定を別々に終えてから暖簾《のれん》を分けて外に出ると、思ったよりも暖かくて、空には星がまたたいていた。いつもよりも遅い時刻だ。

「センセイ、これ」と言って、しばらく持ち歩いていたためにしわしわになった包みをさし出した。

「何ですか」包みを受け取り、鞄《かばん》を地面におろしてからセンセイはていねいに包装を解いた。小さな卸金が、あらわれた。暖簾越しの薄い光の中で、卸金はよく光っていた。合羽橋の店で見たときよりも、よほど光っていた。

「卸金ですね」

「卸金です」

「くださるんですか」

「どうぞ」

突慳貪《つっけんどん》なやりとりである。センセイとわたしの、いつものやりとりであった。わたしは空を見上げ、頭のてっぺんを掻《か》いた。センセイはふたたびていねいに卸金を包み鞄に入れ、背筋を伸ばして歩きはじめた。

星を、わたしは数えながら歩いた。センセイのうしろになって、空を仰ぎながら、星を数えた。八つまで数えたところで、センセイが、

「梅若菜《うめわかな》鞠子《まりこ》の宿のとろろ汁」と突然言った。

「なんでしょう、それは」わたしが訊《たず》ねると、センセイは首を横に振り、

「芭蕉《ばしょう》も知らないんですか、キミは」と嘆いた。

「芭蕉ですか」聞き返すと、

「芭蕉ですよ。教えたでしょう、昔」と言う。そんな句を教わった覚えはなかった。

センセイは、どんどん歩いて行ってしまう。

「センセイ、早足すぎます」わたしは、センセイの背中に向かって言った。センセイは何も答えなかった。少し癪にさわったので、

「まりこのしゅくのとろろじる〜」と、わざと妙な節で繰り返した。

センセイはしばらく振り向かずに歩いていたが、じきに立ち止まり、

「こんど一緒に、とろろ汁作りましょう。芭蕉の句は春の句ですが、とろろ芋は今がうまい。ワタクシが卸金を使いますから、ツキコさんはすり鉢でよく擂《す》ってください」と言った。わたしの前に立ち、わたしの方は振り向かぬまま、センセイはいつもの口調で言った。

わたしはセンセイの後ろで、星を数えつづけた。十五まで数えたころに別れ道に来た。

「さよなら」と手を振ると、センセイも振り返って、「さようなら」と言った。

センセイの背中を見送り、自分の部屋に向かった。部屋に着くまでに、ずいぶん小さなのも入れて、二十二個の星を、数えた。

キノコ狩

その1

どうしてこんなところを歩いているのか、さっぱりわからない。

そもそもセンセイが「キノコがね」などと言いはじめたのが、いけない。

「キノコがワタクシは好きですね」

秋の爽気《そうき》のたちこめていたあの夜、居酒屋のカウンターに背筋を伸ばして向かいながら、センセイは嬉《うれ》しそうに言ったのだ。

「松茸《まつたけ》ですか」と聞くと、センセイは首を横に振った。

「松茸もむろんよろしいですが」

「はあ」

「キノコといえば松茸、と決めるのは、野球といえば巨人、と決めるのと同じくらい短絡的なことですね」

「センセイ、巨人お好きなんでしょう」

「好きですが、客観的には巨人が野球のすべてではないと、ワタクシはちゃんと認識しております」

巨人のことで、センセイとの間にちょっとした諍《いさか》いがあったのは、つい先日だ。わたしもセンセイも、野球については、それ以来注意深くなっている。

「キノコにもいろいろあります」

「はあ」

「たとえば、ムラサキシメジなんてのを、採ったその場で焼いて醬油《しょうゆ》をたらして食べる。たまりません」

「はあ」

「イグチの類《たぐい》も、こうばしい」

「はあ」

話していると、カウンターの向こう側から、店の主人が顔を突き出してきた。

「お客さん、キノコにくわしいね」

センセイは軽く頷《うなず》いた。「さほどではないのですが」と言いながら、さほどな様子をしている。

「この季節にはあたしは、必ずキノコ狩に行くんだよね」主人は首をのばしてきた。親鳥が雛《ひな》に餌《えさ》をやるときのように、センセイとわたしに、鼻先からせまってくる。

「はあ」いつもわたしが答えるのと同じような調子で、センセイはあいまいに言った。

「お客さん、そんなに好きなら、今年のキノコ狩、一緒に行きませんかい」

センセイとわたしは顔を見合わせた。ほとんど一日おきくらいにこの店に来ているが、主人から常連のように扱われたり、ことさら親しく話しかけられたりしたことは、一度もない。どの客も初めて店に来たように扱うのが、この店の流儀である。その主人が、突然「ご一緒に」ときた。

「キノコ狩は、どちらに」センセイが聞くと、主人はさらに首をのばしながら、

「栃木あたりにね」と答えた。センセイとわたしはもう一度顔を見合わせた。主人は首をのばしたまま、返事を待っている。どうしましょう、とわたしが問うたのと、行きましょう、とセンセイが答えたのが、同時だった。そのままなんとなく、主人の車に乗って栃木までキノコ狩に行くことに決まってしまった。

車についてはわたしはまったく詳しくない。センセイだってそうに違いない。店の主人の車は白い箱型のものだった。町でこのごろよく見る流線型のものではない。十年以上前にはよく見かけた、質実な感じの四角い古びた車である。

日曜の、朝六時に、店の前に集合のこと。そう言われていたので、朝五時半に目覚ましをかけ、顔もろくに洗わず、前の晩に押し入れの奥から引っ張り出した黴《かび》くさい

リュックサックをかかえて、部屋を出た。朝の空気の中で、玄関の鍵《かぎ》をかける音がいやに大きく響いた。あくびを何回かたてつづけにしてから、店に向かった。

センセイはすでに来ていた。いつもの鞄《かばん》を手に、まっすぐ立っている。車のトランクが大きく開いていた。店の主人がトランクに上半身をつっこんでいる。

「それは、キノコ狩の道具ですか」センセイが聞くと、主人は同じ姿勢のまま、

「ちがうよ」と答えた。「栃木のね、従兄弟《いとこ》んとこに持ってくんだよ」声が、トランクの奥から響いてくる。

栃木の従兄弟のところに持っていくというその荷物は、紙袋がいくつかと縦長の四角い包み一つである。主人の肩ごしに、センセイもわたしものぞきこんだ。カラスが電柱のてっぺんで鳴いている。かあかあ、かあかあ、と、いかにもカラスらしい声である。昼に聞く声よりも、心なしかのんびりしている。

「これね、草加せんべいと、浅草海苔《のり》」紙袋を指しながら、主人は言った。

「はあ」声をそろえて、センセイとわたしは答えた。

「こっちはね、酒」長い包みを指さす。

「ええ」センセイは鞄をまっすぐ下に提げながら、言った。わたしは黙っていた。

「澤乃井《さわのい》が好きでさ、従兄弟の奴《やつ》」

「ワタクシも好きですが」

「そりゃよかったな。うちの店のは栃木の酒だけどね」

主人は、店にいるときよりもよほど気安い感じだった。年齢も十ほど若く見えた。乗りなよ、と後ろのドアを開け、自分は運転席に体はんぶん入れてエンジンをかけた。エンジンがかかると運転席から身を離し、トランクを閉めに行った。センセイとわたしが後部座席に乗り込んだのを確かめ、車のまわりを一周歩き、煙草《たばこ》を一本立ったまま吸ってから、運転席に乗り込んでシートベルトをきゅっと締め、おもむろにアクセルを踏んだ。

「今日はどうぞよろしくお願いいたします」センセイが後ろから声をかけると、主人はくるりと振り向いた。

「気楽に行こうよ」主人はにっこりと笑った。いい笑顔だ。しかしアクセルはしっかりと踏み込まれ、主人が真後ろを向いているのに車はゆっくりと前進してゆく。

「あの、前」わたしが小さく言うと、主人は「え？」と聞き返し、首をわたしの方にのばしてきた。ぜんぜん前を見ようとしない。ずっとこちらを振り返ったままだ。車はあいかわらず、すべるように進んでいる。

「前、危なくありませんか」「前、前」センセイとわたしは同時に叫んだ。電柱がせまっている。

「あ？」と主人が首を戻したのと、ハンドルが電柱をよけるために回されたのが同時だった。わたしもセンセイも大きくため息をついた。

「心配ないって」主人は言い、そのままスピードをあげた。なぜ見知らぬ車に朝も早くからこんなふうに乗ることになったのだか、判然としなかった。キノコ狩というものがどういうものなのかも、判然としない。酒を飲んでいる続きのような気分である。判然としないまま、車のスピードはどんどん上がっていった。


うとうとしていたらしい。目が覚めると、山道を走っていた。高速道路を出てそれに続く「なんとかライン」に入ったところまでは起きていた。センセイが国語を教えていたこと、わたしがその教え子であること、わたしの国語の成績がめざましいものではなかったこと、店の主人がサトルさんという名であること、これから行く山でよくとれるのが「モダシ」というキノコであること、そんなことをぽつりぽつりと三人で喋《しゃべ》りあった。モダシがどんなキノコであるか、だの、センセイの授業がどのくらい厳しかったか、だの、もっと喋ってもいいようなものだったが、なにせ喋るたびにサトルさんがくるりと後ろを振り返るので、わたしもセンセイもなるべくお喋りには興じないように注意していた。

山道をゆるやかに車は登ってゆく。開け放していた窓を、サトルさんは閉めた。センセイとわたしも倣《なら》って、後ろの窓を閉めた。ほんの少し肌寒くなっている。澄んだ鳥の声が山の中から聞こえてくる。道路は次第に狭くなってきた。

二股《ふたまた》に道が分かれているところにきた。二股の片方は舗装された道路で、もう片方は砂利の道だ。砂利の道に少し入ったところに、車は止まった。サトルさんは車から降りて砂利道を上へ歩いて行った。わたしとセンセイは後部座席に乗ったまま、サトルさんを見ていた。

「どこに行ったんでしょうね」わたしが聞くと、センセイは首をかしげた。窓を開けると、山の冷気が入ってくる。鳥の声が、近い。日はだいぶん高くなっていた。九時過ぎである。

「ツキコさん、帰れますかね」突然センセイが言った。

「え」

「なんだかワタクシはこのまま二度と帰れないんじゃないかという気分になってきました」

まさか。とわたしが答えると、センセイはほほえんだ。それきり口をつぐみ、バックミラーのあたりを見つめる。お疲れになったんでしょう。わたしがつづけて言うと、センセイは首を横に振った。

「ぜんぜん。ぜんぜんです」

「このあたりで、もう引き返してもいいんですよ、センセイ」

「引き返すって、どうやって」

「それは」

「このまま一緒に行きましょう。どこまででも」

「え」

センセイは、少し浮かれているのだろうか。こっそりと表情を窺《うかが》ったが、いつもと変わりない。沈着冷静な様子である。鞄を横に置き、背筋を伸ばしている。はかりかねているうちに、サトルさんがもう一人を連れて坂の上からおりてきた。

サトルさんにうりふたつの男性である。サトルさんと男性で二人して車のトランクを開け、積み荷をそそくさと坂の上に運びあげてゆく。行ったと思ったら見る間に戻ってきて、車の横で二人同時に煙草をふかす。

「おはよっす」と言いながら、うりふたつの男性は助手席に乗りこんできた。

「こいつが従兄弟のトオルです」サトルさんが紹介した。どこまでも、サトルさんにそっくりである。顔のつくりも、表情も、からだつきも、そしてかもし出す空気も、なにもかもが一緒だ。

「トオルさんは、澤乃井がお好きなんですね」センセイが言うと、トオルさんはシートベルトを締めたまま体をねじって後ろを向き、

「そのとおりですとも」と嬉しそうに答えた。

「栃木の地の酒のほうがうまいのになあ」サトルさんもトオルさんと同じ角度にぐっと振り向き、続けた。車は山道を登りはじめている。あ、あ、とわたしとセンセイが声をあげたのと、車の鼻先がガードレールを擦《こす》ったのが同時だった。

「ばーか」とトオルさんがのんびりとした口調で言った。サトルさんは笑いながらハンドルを切った。センセイとわたしは、ふたたびため息をついた。森の中から、くぐもった鳥の声が聞こえてくる。

「センセイはその恰好《かっこう》で山登るんですかい」

トオルさんが乗り込んでから三十分ほど走ったところでサトルさんは車を止め、エンジンを切った。サトルさんもトオルさんもわたしも、ジーンズに運動靴である。車から降り立ち、サトルさんとトオルさんは膝《ひざ》を何回か曲げのばしした。わたしもなら

って屈伸をおこなった。センセイだけが、ぴんと立ったままだ。センセイは、ツイード地の背広の上下に革靴である。古びてはいるが、仕立てはいいものらしい。

「よごれるよ」トオルさんがつづけた。

「よごれてもよござんす」センセイは答え、鞄を右手から左手に持ちかえた。

「鞄、置いてったらどう」サトルさんが言う。

「それにはおよびません」センセイは落ちつきはらって答えた。

そのまま林道をのぼりはじめた。サトルさんもトオルさんも似たようなリュックサックを背負っている。わたしのしょっているものよりもひとまわりほど大きい、登山用のものだ。トオルさんが先頭を歩き、サトルさんがしんがりをつとめた。

「のぼりが、きついだろ、あんがい」後ろからサトルさんが言った。

「そ、そうですね」わたしが答えると、前からトオルさんがそっくりの声で、

「ゆっくりのぼれよな、ゆっくり」と言った。

タラララ、タラララララ、という音がときおり聞こえてくる。センセイはたいして息も切らさず、一定のはやさで道を踏みのぼってゆく。わたしはだいぶん息が上がっていた。タラララララ、タラララララ、がひんぱんになってくる。

「あれは、筒鳥ですか」センセイが聞くと、トオルさんが振り向き、

「そうじゃなくてキツツキだよ。センセイよく筒鳥なんて知ってるな」と答えた。

「キツツキがさ、幹つついて虫食ってる音だよ」

「騒々しい鳥だよな」後ろからサトルさんが言い、笑った。

道はますます急になってきた。けもの道ほどの幅だ。道の両側に秋の草が茂り、歩いてゆくわたしたちの顔や手を撫《な》でる。ふもとではまだ紅葉が始まっていなかったが、このあたりではおおかたの葉が赤や黄に染まっている。空気はひんやりしているのに、汗が吹き出した。ふだん運動をしていないからである。センセイは、と見れば、すずしげな様子で、鞄を片手にすいすいとのぼってゆく。

「センセイ、山登り、よくなさるんですか」

「ツキコさん、このくらいのものは山登りとも言いませんよ」

「はあ」

「ほら、またキツツキが虫を食べている音がしますよ」

ほら、と言われても、わたしは下を向いて歩きつづけるばかりだった。トオルさん（サトルさんかもしれない。下を向いているからどこから声が来るのかわからない）が、センセイ元気だなあ、と言い、サトルさん（トオルさんかもしれない）が、ツキコさんはセンセイよりずっと若いんだろ、がんばれよ、とはげました。いつまでも道はのぼりつづけるように思われた。タラララ、の合間に、チチチ、だの、リュリュリュリュ、だの、クルルルル、だのいう声が混じる。

「そろそろかな」とトオルさんが言い、サトルさんが「たしかこのあたりだったよ」と答えた。トオルさんは急に道をはずれた。踏み跡の何もないところを、どんどん歩いてゆく。一歩道をはずれると、空気が突然濃くなったように感じられた。

「あるからね、よく下見てるんだよ」トオルさんが振り向いて、言った。

「踏みつぶさないように、気をつけてよ」サトルさんが後ろからつづけた。

地面がしっとりと湿っている。しばらく歩くと、下生えが少なくなり、かわりに木が密集してきた。勾配《こうばい》はなだらかになり、足を取る草もないので、歩きやすい。

「ありましたよ、何か」とセンセイが声をあげた。トオルさんとサトルさんがゆっくりとセンセイのほうに近寄ってゆく。

「こりゃあめずらしい」トオルさんが屈《かが》みこみながら、言った。

「トウチュウカソウですか、これは」センセイが聞いている。

「まだ虫が大きいね」

「何かの幼虫だろうね」

くちぐちに言い合っている。トウチュウカソウ？　とわたしが小さく言うと、センセイは地面に棒きれで「冬虫夏草」と大きな字で書いた。

「ツキコさん、あなた理科の授業もきちんと聞いていなかったんですね」説教をする。そんなもの教わりませんでしたよ、授業では。口をとがらせると、トオルさんが大声で笑った。

「学校では、いちばん大事なことは、あんまし教わんなかったなあ」そう言いながら、笑う。センセイは姿勢よくトオルさんの笑い声を聞いていたが、やがて、

「心意気さえあれば、どんな場所でも、人間は多くのことを学べるものですよ」と静かに言った。

「おもしれえセンセイだな、あんたのセンセイは」トオルさんは言い、またひとしきり笑った。センセイは鞄《かばん》からビニール袋を一枚取り出し、冬虫夏草をそっと入れて口をしばった。そのまま鞄にしまう。

「ささ、もっと奥に行くよ。もりもり食べられるのを採らなきゃ、しょうがない」サトルさんが言い、木々の間に踏み入った。わたしたちは列をくずし、てんでに足元を見ながら歩いた。センセイのツイードの背広姿は、木のなかに混じって、保護色をまとったような効果をあげていた。すぐ目の前にセンセイの姿があったはずなのに、ふいっと視線をはずすと、もう見えなくなっている。驚いて探すと、すぐ横に立ってい

たりする。

「センセイ、いらしたんですね」と呼びかけると、センセイは不思議な声で、「どこにも行きませんよ、ふふふふふ」と答える。森の中で、センセイはいつものセンセイと違って見えた。古くから森に住む生きものめいて感じられた。

「センセイ」もういちど、わたしは呼びかけた。心ぼそかった。

「ツキコさん、ワタクシはいつも一緒だと言っているでしょう」

一緒だと言われても、センセイのことだ、わたしを置いてずんずん先に行ってしまうにきまっている。ツキコさんはだらしないですね。ふだんの心がけが悪いんでござんしょう。そんなふうに言いながら、いつだってセンセイは行ってしまうのだ。

タラララ、が近いところから聞こえてくる。センセイは木々の中に入っていってしまった。わたしはぼんやりとセンセイの後ろ姿を見送る。どうしてこんなところにいるんだっけ、と思っていた。センセイのツイードが木の間に見え隠れする。ヒトヨモダシだよ、というサトルさんの声が奥のほうから聞こえてきた。ヒトヨモダシの群落だよ、去年よりずっと多いよ。サトルさん（トオルさんかもしれない）のはずんだ声が、奥から聞こえてくる。

キノコ狩

その2

空を、見上げていた。

大きな切り株があったので、わたしはその上に座っていたのだ。サトルさんもトオルさんもセンセイも、奥へ奥へと入っていってしまった。タララララ、の声はこの場所では遠くなっている。かわりに、ルルルルル、という高い声が聞こえてくる。

この場所は、湿りけに満ちている。地面がしっとりしているだけではなく、木の葉の、下生えの、菌類の、地面の中にいる無数の微生物の、地面を這《は》う平たい虫の、空中にただよう羽を持つ虫の、枝にとまる鳥の、そして森の奥に生息するさらに大きな動物の息吹《いぶき》が、空気の中に満ち満ちているような感じだった。

空は、少ししか見えない。森をかたちづくる木々の梢《こずえ》をすかした空である。梢が、空を覆《おお》った網目にも見える。ほの暗い光に目が慣れてくると、下生えの中に、さまざまなものがあるのがわかる。オレンジ色の小さなキノコ。苔《こけ》。白いざらざらとした葉脈のようなもの。黴《かび》の一種だろうか。死んだ甲虫。多種類の蟻《あり》。げじげじの類。葉裏にとまる蛾《が》。

こんなに多くの生きものにかこまれているのが、不思議だった。町にいるときはいつも一人、たまにはセンセイと二人、でしかないと思いこんでいた。町には大きな生きものしか住んでいない。そう思っていた。しかし町の中にいるときだって、よくよく注意してみれば多くの生きものに囲まれているのにちがいない。センセイと、わたしと、たった二人なんていうことでは、なかったのだ。居酒屋にいても、いつもセンセイのことしか目に入っていなかった。そこにはサトルさんもいたのである。おおぜいの、顔なじみのお客だっていたのだ。でも、どのひとも、ほんとうに生きているひととして認識していなかった。生きて、自分と同じように雑多な時間を過ごしているのだとは、考えていなかった。

トオルさんが戻ってきた。

「ツキコさん、だいじょうぶか」と言いながら、両手いっぱいのキノコを見せてくれる。

「ぜんぜんなんとも。元気ですよ」と答えると、

「じゃ、一緒に来ればよかったのに」トオルさんは言った。

「ツキコさんてひとはね、ちょっとばかり、おセンチなんですよ」突然センセイの声がしたと思ったら、センセイはすぐうしろの木の陰からひょいと現れた。保護色にな

っている服のおかげか、それとも歩き方がうまいのか、センセイの気配をそれまでまったく感じなかった。

「それで、一人座りながら、ものおもいにふけっていたというわけでしょう」センセイはつづけた。ツイードのところどころに、落ち葉がくっついている。

「乙女の感傷、ってやつですか」トオルさんが呵々《かか》と笑った。

「乙女ですとも」わたしは澄ました声で答える。

「乙女のツキコさん、よかったら鍋《なべ》の用意を手伝ってくださいますかね」トオルさんは言い、サトルさんのリュックサックの中からアルミの鍋と携帯用コンロを取り出した。

「水、くんできて」と言われ、わたしはあわてて立ち上がった。すぐ上に湧《わ》き水があるから、と言われてのぼってゆくと、大きな岩の間から、しみだすように水が湧いていた。てのひらで水を受け、口に運んでみた。ひえびえとした、けれどやわらかい水だった。何回でもてのひらで受け、何回でも、口に運んだ。

「食ってみなよ」とサトルさんに言われ、土の上に敷いた新聞紙に背筋をのばして正座していたセンセイは、キノコ汁をすすった。

採ってきたキノコを、サトルさんとトオルさんは手際《てぎわ》よくさばいていった。トオルさんがキノコについている土や泥を落とし、サトルさんが、大きいものは裂いてから、小さいものはそのまま、これも用意の小さなフライパンでささっと炒《いた》めた。炒めたものを、あらかじめ沸かしておいた鍋の湯の中に入れ、味噌《みそ》を溶き入れ、少しの間、煮る。

「ワタクシ、昨夜ちょっと勉強してまいりまして」昔の給食の食器のようなアルマイトの碗《わん》を両手で持ち、ふうふうと吹きながら、センセイは言った。

「勉強かい、さすがセンセイだね」トオルさんが豪快に汁をすすりながら、答えた。

「毒キノコというものは、存外多いものなのですね」言いながら、センセイは箸《はし》で一片のキノコをつまみ、口に入れた。

「そりゃあ、まあね」サトルさんはすでに一杯目をあけて、二杯目をおたまでつぐところである。

「いかにも毒々しいものならば、口にも入れますまいが」

「センセイ、食べているときに、やめてくださいよ」

わたしが頼んでも、センセイは頓着《とんちゃく》しなかった。いつものことだ。

「しかし、マツタケそっくりのカキシメジというものやら、シイタケそっくりのツキヨタケなどというものがあるらしい。これが面倒ですな」

センセイのまじめくさった口調に、サトルさんとトオルさんは、ふきだした。

「センセイ、あたしら、もう何十年もキノコ採ってますが、そんな妙なキノコ採ってきたことなんかありませんぜ」

一度は迷っていた箸を、わたしはふたたびアルマイトの碗に戻した。箸を迷わせていたことをサトルさんかトオルさんに見られていなかったかどうか、上目づかいに二人をうかがったが、二人とも気づいた様子はない。

「じつは、ワタクシの妻だった者が、いちどワライタケを食べたことがありまして」とセンセイが始めたので、トオルさんもサトルさんもすっかりそちらに気をとられていた。

「妻だった者、って、なんだそりゃあ」

「十五年ほど前に逃げた妻、という意味です」あいかわらずまじめくさった口調である。え、とわたしは小さく叫んだ。センセイの夫人は亡《な》くなったのだと思っていたのだが。サトルさんもトオルさんも同様に驚くかと思ったが、平然とした表情である。センセイは、キノコ汁をすすりながら、こんな話をしてくれた。

妻と、ワタクシは、しばしばハイキングに行ったものでした。電車に乗って数時間ほどのあたりにある低い山ならば、たいがいは行きましたかね。日曜の朝早く妻の作った弁当を持って、まだすいている電車に乗る。『近郊への楽しいハイキング』という本を妻は愛読していました。革の登山靴を履きニッカボッカをつけ帽子には鳥の羽根をさした女性が杖《つえ》をつきながら山を登っている写真が、その本の表紙でした。妻は表紙そっくりの服装をそろえ、杖まで用意して、ハイキングにでかけたものでした。そんな正式な恰好《かっこう》をしなくとも、ただのハイキングなのだから、とワタクシが言っても、妻は「形から入るのが大切よ」と言って、とりあわなかった。ゴム草履で歩いている者がいるようなコースでも、服装を崩すことがなかった。頑固な人でした。

そのころはもう、息子が小学校に入っていたでしょうか。三人で、いつものようにハイキングに行ったのです。ちょうど今と同じ季節でした。雨が続いた後で、山はきれいに紅葉していましたが、せっかく紅葉した葉の多くが雨にうたれて散っていました。運動靴で歩いていたワタクシは、二回ほど泥に足を取られてころびました。妻は登山靴でゆうゆうと歩いていた。何回もころぶワタクシに向かって、そら見たことか、などとは言いませんでしたがね。頑固だが、いやみなところは、ない人でした。

しばらく歩いたところで休憩して、レモンのはちみつ漬けを二枚ずつ食べました。

ワタクシは酸《す》っぱいものはあまり得意ではないのですが、山にはレモンのはちみつ漬けがつきものだ、と妻が主張するので、あえて反対はしなかったのです。反対しても妻は怒らなかったでしょうが、しかし微妙に怒りは蓄積され、伝わっていった波が離れた場所で大きな波を起こすことがあるのと同様、日常の思いがけないところに怒りが波及するやもしれませんから。結婚生活とは、そのようなものです、ええ。

息子はワタクシ以上にレモンを苦手としていました。レモンのはちみつ漬けを口に入れると、彼は立ち上がって木の茂っているほうへと歩いてゆきました。地面に落ちている紅葉をしきりに拾っています。風流な奴《やつ》である、ワタクシも息子に倣《なら》って拾おうと近くに行きますと、息子はこっそりと地面に穴を掘っているところでした。いそいで浅く掘り、いそいで口の中のレモンをはきだし、いそいで土をかけて穴を埋めた。よほどレモンが苦手だったのでしょう。食べ物を粗末にする子供ではなかったのです。妻がよく躾《しつ》けていましたから。

そんなに嫌いか、とワタクシが聞くと、息子はびくりとしました。無言で頷《うなず》きました。お父さんもちょっと苦手だな、と言うと、息子は安心したようにほほえみました。息子の笑顔は、妻によく似ていた。今でも、よく似ています。そういえば妻が出奔した年齢、五十歳に、息子はじきに届こうとしております。

息子と二人でしゃがんでせっせと紅葉を拾っていると、妻がやってきた。大仰な登山靴を履いているくせに、足音というものがしない。ねえ、と背後から言われ、ワタクシと息子は、びくりとしました。ねえ、ワライタケ、みつけちゃった。妻はひそひそとワタクシたちの耳もとにささやきかけました。

四人で食べると、量が多く思えたキノコ汁も、すぐになくなってしまった。何種類ものキノコの成分が混じった汁は、えもいわれぬ味がした。えもいわれぬ、という表現を使ったのは、センセイだ。話の途中で唐突に、

「サトルさん、えもいわれぬ、馥郁《ふくいく》たる香ですな」とセンセイが言うので、サトルさんは目をむいた。

「センセイはセンセイらしいこと喋《しゃべ》くるなあ」とトオルさんが言い、話の続きをうながした。ワライタケ、どうしたんだい。サトルさんが聞き、ワライタケって、よくわかったな、とトオルさんがつづけた。

妻は、『近郊への楽しいハイキング』のほかに、『茸《きのこ》百科』という小さな事典みたいなものも、愛読していたのです。ハイキングに行くときにはいつでもリュックサッ

クにこの二冊をしのばせていた。そのときも『茸百科』のワライタケの頁《ページ》を開きながら、しきりに「これよね、絶対にこのキノコよね」と繰り返していたのです。「ワライタケだとわかったのはいいが、それをどうする」とワタクシが聞きますと、妻は「食べるに決まっているじゃないの」と答えました。

「だって、毒キノコじゃないか」とワタクシが言ったのと、「おかあさん、やめてよ」と息子が叫んだのと、笠《かさ》についている汚れもろくにはらわずに妻がワライタケを口に入れたのが、ほぼ同時でした。「生じゃ食べにくいわねえ」と言いながら、レモンのはちみつ漬けを一緒に口に入れていました。息子とワタクシはあれ以来、一度もレモンのはちみつ漬けを食べたことはありません。

それからが、大騒ぎでした。最初に息子が泣きはじめました。

「おかあさんが死んじゃうよ」とわあわあ泣くのです。

「ワライタケじゃ死なないわよ」妻は落ちつきはらって息子をなぐさめていました。

ともかく山を下りて病院に行こうと、しぶる妻を無理やりひっぱってワタクシは今来た道を引き返しはじめました。

もうすぐふもとに着くというころに、症状が出はじめたのです。それくらいの量でも症状が出るんですね、とあとで病院の医師は暢気《のんき》に言っていましたが、あれは、ずいぶん顕著な症状だったようにワタクシには感じられました。

それまでしゃんとしていた妻の口から、「ウウウウ」というような声がもれはじめ、最初はとぎれとぎれでしたが、そのうちに切れ目なく、いわゆる「笑い」が起こりはじめたのです。笑いっていったって、嬉《うれ》しそうな愉快そうな笑いではない。こみあげてくる笑いを抑えようとするがどうしても抑えきれなくて、頭では困っているのに、体がつい反応して笑ってしまっているような、そういう声でした。とてつもなくブラックなユーモアに笑わされているような、そんな声でした。

息子はおびえてしまい、ワタクシもあせり、妻は目に涙をためたまま、いつまでも笑いつづけます。

「止《や》まないのか、その笑いは」とワタクシが聞きますと、息もたえだえになりながら、妻は、「と、とまらないのよう。あたしの喉《のど》や顔や胸のあたりが、あたしの思うようにならないのよう」と苦しそうに、しかしあいかわらず笑いながら、答えた。ワタクシは腹をたてていました。なぜ妻という人間は、いつもこういった面倒を引き起こすのか。だいたい毎週のようにハイキングに来ることだって、ワタクシは実のところあまり好んでいなかった。息子だってそうです。家の中でじっくりとプラモデルを組み立てたり、近くの小川で釣りかなにかしているほうが、息子にとってはどのくらい幸せなことだったか。それでもワタクシと息子は妻に言われるままに早起きし、言われるままに近郊の低山を歩き回っていた。なのに妻はそれだけでは飽き足らず、ワライタケまで食ってしまう。

病院で手当てしてもらいましたが、一度血液中に入ってしまったキノコの毒はもうどうしようもないんですよ、とあくまで暢気そうに言う医師の言葉どおり、妻の症状は手当て後もあまり変わらなかった。結局妻はその日の夕方まで、笑いつづけました。タクシーで家に帰り、泣きつかれて眠ってしまった息子を布団《ふとん》にくるみこみ、居間で一人笑っている妻を横目で見ながら、ワタクシは渋い茶を淹《い》れました。妻は笑いながら茶を飲み、ワタクシは怒りながら茶を飲みました。

ようやく症状がおさまってふつうになった妻に、ワタクシは説教をした。今日いちにちでどれだけ自分が人に迷惑をかけたか、考えてごらんなさい。得々と、ワタクシは説教をしたことだったでしょう。生徒にするような説教。妻はうつむいて聞いていました。いちいち、ワタクシの言葉に頷きました。申し訳ありませんでした、と何か言った。最後に、「人が生きていくことって、誰かに迷惑をかけることなのね」としみじみ妻は言いました。

「ワタクシは迷惑なんぞかけません。あなたが、迷惑をかけたんでしょう。自分個人のことを人間いっぱんに敷衍《ふえん》しないでください」ワタクシはがみがみと答えた。妻はふたたびうつむきました。それから十何年かして妻が逃げたときに、ワタクシは最後にうつむいた妻の姿勢をありありと思い出したものでした。妻は困った人間だったが、ワタクシもさほど変わりがなかった。割れ鍋にとじ蓋《ぶた》、といったところだと思っていたのですが。妻にとってワタクシはとじ蓋にはなれなかったんでしょうかね。

「センセイ、ま、酒でも飲もうよ」トオルさんがリュックの中から澤乃井《さわのい》を取り出した。四合瓶である。キノコ汁はすっかりなくなっていたが、トオルさんは魔法のようにリュックの中からつぎつぎにとりだす。干したキノコ。せんべい。イカのくんせい。丸のままのトマト。かつおフレーク。

「宴会だな」とトオルさんは言った。トオルさんもサトルさんも紙コップについだ酒をぐいぐい飲み、トマトをかじった。

「トマト食べておくと、あんまり酔わない」などと言いながら、飲む。

「センセイ、車、だいじょうぶでしょうか」わたしが小声で聞くと、センセイは、

「一人あたり一合の計算になりますから、まあ、だいじょうぶでしょう」と答えた。キノコ汁であたたまっていた腹が、酒でさらにあたたまった。トマトが、おいしい。

塩もかけずに、丸のままのものにかぶりついた。トオルさんの家の庭でつくっているものだそうだ。一人一合の計算のはずだったが、トオルさんがもう一本リュックから出してきたので、一人二合になってしまった。

タラララ、が聞こえた。敷いた新聞紙の下に、ときおり虫が入りこむ。虫の動きを新聞紙越しに感じる。羽虫やぶんぶん飛ぶ大きめの虫が何匹でもやってきて、とまる。中でもイカのくんせいと酒には、多くの虫が集まった。トオルさんはろくに虫をはらいもせずに食べたり飲んだりしている。

「虫も食べましたね、いま」とセンセイがトオルさんに指摘すると、トオルさんはすました顔で、「うまいよ」と答える。

干したキノコは、干しシイタケのようには乾燥しきっていなかった。まだ少し水気をふくんでいる。燻製《くんせい》の肉のような見てくれである。何のキノコですか、と聞くと、すでに顔を赤くしているサトルさんが「ベニテングタケ」と答えた。

「猛毒のキノコじゃありませんか」とセンセイが言うと、

「センセイ、そういうの、『茸百科』で調べたの」とトオルさんがにやにやしながら聞いた。センセイは答えるかわりに、『茸百科』を鞄《かばん》からとりだす。手ずれのした、古くさい装丁の本だった。ベニテングタケらしき、赤に点々の散った立派な笠のキノコが表紙である。

「トオルさん、こんな話を知ってますか」

「どんな話」

「シベリアの話です」

　その昔、シベリアの高地民族の首長は、戦いに行く前にベニテングタケを食べた。ベニテングタケには譫妄《せんもう》状態を引き起こす成分が含まれているからだ。ひとたびこのキノコを食うや、ひどい興奮状態が訪れ、気持ちはたけだけしくなり、瞬間的にしか出ない大力が、何時間も続けて出るようになるのである。首長がまずキノコを食べると、次の位の男が首長のおしっこを飲む。そのまた次の位の男は次の位の男のおしっこを飲む。これをつぎつぎと繰り返し、キノコの成分を全員の体の中に流しこんでゆく。

「最後の者がおしっこを飲みおえたところで、戦いにのぞむのだそうです」センセイは結んだ。

「茸百科たあ、ためになる本だねえ」サトルさんがうわずった笑いをたてた。干しキノコを細く裂いて、しゃぶっている。

「センセイたちも、これ、食いなよ」トオルさんが干しキノコをわたしとセンセイの手に握らせた。センセイは、しげしげと干しキノコを観察した。わたしはおそるおそる匂《にお》いをかいでみた。トオルさんとサトルさんは、二人で意味もなくげらげら笑っていた。トオルさんが「あのな」と言うと、サトルさんが大声で笑う。笑いがおさまったころ、こんどはサトルさんが「そのな」と言う。するとトオルさんが大声で笑う。同時に「あのな」「そのな」と言って、同時に笑う。

少し気温が上がっていた。もうすぐ冬になろうというのに、木々に囲まれたこの下生えの上は、ほかほかとあたたかく湿りけに満ちている。センセイはゆっくりと酒をすすっていた。合間に干しキノコをしゃぶっている。

「毒キノコなのに、だいじょうぶなんですか」わたしが聞くと、センセイはほほえんだ。

「さあねえ」そんなふうに言いながら、いい笑顔を見せる。

トオルさん、サトルさん、これ、ほんとのベニテングタケなんですか。

まさか。ちがうにきまってるでしょ。

そうだよ。ほんもののベニテングタケだよ。

トオルさんとサトルさんが同時に答えた。どちらがどちらの答えを言ったのだか、区別がつかない。センセイはほほえんでいる。キノコを、ゆっくりとしゃぶっている。

「割れ鍋《なべ》」とセンセイは目を閉じながら、言った。なんですか、と聞き返すと、割れ鍋にとじ蓋、とセンセイは繰り返した。ツキコさんもキノコ、食べなさい。先生めいた口調で命じた。おそるおそるキノコをなめてみたが、ほこりくさいような味しかしない。トオルさんとサトルさんが笑っている。センセイはかなたを見ながら、ほほえんでいる。やけになって干しキノコを口につめこんで何回も嚙《か》んだ。

そのまま一時間ほど飲みつづけたが、別状はなかった。荷物をまとめて道を引き返した。歩いているうちに、笑いたくなったり泣きたくなったりした。酔ったせいかもしれない。どこを歩いているんだかも定かでなくなった。酔ったせいだろう。サトルさんとトオルさんがそっくりの背中そっくりの歩き方で前をゆく。センセイとわたしは並んで一緒に笑っている。センセイ、逃げた奥さまのこと今でも好きなんですか、とわたしがつぶやくと、センセイの笑い声は高くなった。妻はいまだワタクシにはははかりかねる存在なんですな、とセンセイは少し真面目《まじめ》な顔で言ってから、また笑いだした。やたらにたくさんの生きものが自分のまわりにいて、みんなぶんぶんいっている。どうしてこんなところを歩いているのか、さっぱりわからない。

お正月

失敗をした。

台所の蛍光灯が切れた。一メートル以上の長さのある蛍光灯である。高い椅子《いす》を持ってきて、背伸びしてはずそうとした。以前に切れたときに、はずしかたを覚えたはずだのに、何年かたつと、もう忘れている。

押したり引いたり、でもどうしてもはずせない。ねじまわしで枠ごとはずそうとしたが、天井から赤やら青やらのコードがつながっていて、枠はどうにもはずれない仕組みになっている。

それならばと大ぢからを出してひっぱったら、割れてしまった。流しの前の床いっぱいに、蛍光灯のガラスが散った。おり悪《あ》しくはだしだったので、あわてて椅子から下りしなに、足裏を傷つけた。赤い血が、吹き出た。思うよりも深く切れていたらしい。

驚いて隣の部屋に行き座りこんでいるうちに、めまいがきた。貧血でも起こしたものか。

ツキコさん、血を見たくらいで貧血を起こすんですか。ずいぶんと、繊細なことですなあ。センセイなら笑って言うことだろう。しかしセンセイがわたしの部屋に来ることはない。わたしがときおりセンセイを訪ねるばかりだ。そのまま座っていると、まぶたが落ちてきた。そういえば朝から何も食べていなかった。ぼんやりと、休日のいちにちを、布団《ふとん》の中で過ごしたのだった。正月に生家に帰ってきた後は、いつもこんなふうになる。

同じ町内にある、しかしたまにしか訪れることのない、母や兄夫婦や甥姪《おいめい》のさんざめく家に帰ると、どうもいけない。今さら嫁に行けだの仕事をやめろだの、言われるわけではない。その種の居心地のわるさを感じることは、とうの昔になくなっていた。ただ、なんとなしに釈然としないのだ。たとえば、身の丈ちょうどの服を何枚もあつらえたはずだのに、いざ実際に着てみると、あるものはつんつるてんだったり、あるものは裾《すそ》を長くひきずってしまったりする。驚いて服を脱ぎ、体にただ当ててみれば、やはりどれもちょうど身の丈の長さである。そんな感じか。

正月の三日、兄一家が年始のあいさつに出払った昼に、母が湯豆腐を作ってくれた。母の作る湯豆腐が、昔からわたしは好きだった。子供は湯豆腐などふつうは好まないものだが、小学校に上がる前から、わたしは母の湯豆腐を好んだ。醬油《しょうゆ》を酒で割って削りたてのかつぶしを散らしたものを、小さな湯のみに入れ、豆腐と一緒に土鍋《なべ》の中で温める。じゅうぶんにあたたまった土鍋の蓋《ふた》をあけると、湯気がほんわりとあがる。切らずに丸のまま温められた、ごつごつと目のつんだ木綿豆腐を、箸《はし》の先でくずす。角のお豆腐屋さんのお豆腐でなければだめなの。三日からは、もうお豆腐屋さん、やってるから。そんなことを言いながら、母はわたしのために、いそいそと湯豆腐を作ってくれた。

おいしい。わたしは言った。あんたは昔から湯豆腐が好きだったわね。母も嬉《うれ》しそうに答えた。どうしても、自分ではこういうふうに作れないの。そりゃあね、お豆腐が違うでしょ、こういうお豆腐は月子の住んでいるあっちのほうじゃ売ってないでしょ。

そのあたりで、母が黙った。わたしも、黙った。黙ったまま湯豆腐をくずし、酒で割った醬油にひたし、黙ったまま食べた。二人ともう、けっして何も言わなかった。話すことがなかったのだろうか。話すことはあったのかもしれない。何を話していいのか、突然わからなくなった。近いはずなのに、近いがゆえに届かなかった。無理に話そうとすると、すぐ足もとにある断崖《だんがい》から、まっさかさまに落ちて行きそうだった。

ツキコさん、そういう気分には、たとえばワタクシが逃げた妻に何年後かにばったたり出会ったとしたら、なるかもしれません。でも、同じ町内にある家に帰ったくらいでなるもんでしょうかね。ちょっとツキコさんは、その、大仰なんじゃありませんか。センセイなら言うかもしれない。

母も、わたしも、似た質《たち》であるらしい。センセイならそう言うかもしれないけれど、わたしと母とはそれからどうにもうまく喋《しゃべ》ることができなかった。そのまま、兄一家が帰るまで、顔をそむけあうようにしていた。正月の午後の薄い日が、縁側ごしに炬《こ》燵《たつ》のあしもとまで射《さ》していた。食べおわった湯豆腐の土鍋と取り皿と箸をわたしが台所まで運び、母が流しを使った。洗ったもの、拭《ふ》こうか。わたしが聞くと、母は頷《うなず》いた。少しだけ顔を上げて、ぎこちなくほほえんだ。わたしもぎこちなくほほえんだ。それから黙って二人で並び、洗い物を始末した。

四日に自分の部屋に帰ってきて、出社の六日までの二日間、わたしは眠ってばかりいた。家に帰っていたときの眠りとは違う眠りがきた。夢をいくらでも見る眠りである。

二日働くと、また休みになった。もう眠くはなかったので、ただ布団の中にぐずぐずといた。手の届くところに、お茶を入れた瓶と湯のみと本と雑誌何冊かを置き、横になったままお茶を飲んでは雑誌をめくった。みかんを一、二個食べた。布団の中は体温よりもほんの少しあたたかかった。すぐにうとうとした。長くは眠らず、ふたたび雑誌をめくったりした。それで、食事をするのを忘れていた。

敷きっぱなしになっている布団の上で、わたしは血が流れる足裏の傷にちり紙を当て、めまいが遠ざかるのを待った。視界が、壊れる寸前のテレビの画面のようになっている。ちかちかとまたたいている。あおむけに横たわり、片手を心臓のあたりに置いた。心臓の鼓動と、傷近くの血の流れにある鼓動が、少しだけずれている。

蛍光灯が切れたときは、まだほの明るかった。めまいが去らないので、日が暮れ残っているのか、すっかり暮れてしまったのか、よくわからない。

まくらもとのかごに盛ってある林檎《りんご》が、匂《にお》いをはなっていた。冬の、つめたい空気の中で、いつもより強く匂いをはなっていた。わたしはいつも林檎を四つ割にしてから皮を剝《む》くけれど、母は丸のまま、くるくると包丁を使って皮を剝くなと、ぼんやりした頭で思い出していた。林檎を、かつての恋人に剝いたことがあった。もともと料理は得意ではないし、たとえ得意だったとしても、恋人に弁当を作ったり部屋まで行ってこまめに料理をこしらえたり手料理の夕《ゆうべ》に招いたりするのは、趣味にあわなかった。そういうことをすると、ぬきさしならぬようになってしまうのではないかと、恐れた。ぬきさしならぬように運ばれていると相手が思うのも、いやだった。ぬきさしならなくなってもかまわないようなものだったが、かまわないとかんたんに思うことができなかった。

林檎を剝いたとき、恋人は驚いた。あなたも、林檎の皮なんか剝くんだね。そんなふうに言った。皮くらい剝くわよ。そりゃそうだね。そりゃそうよ。そんな会話を交わしてしばらくしてから、恋人とは疎遠《そえん》になった。どちらからか言いだしたのではない。なんとなく電話をかけあわなくなった。嫌ったのでもない。会わなければ会わないなりに、日は過ぎていった。

大町さんはクールなのね、と友人に言われたことがある。彼、あたしに何回か相談の電話をしてきたのよ。月子はほんとうのところ、僕のことをどう考えているんだ、って言ってた。大町さん、どうして彼に電話してあげなかったの。彼、待ってたのよ。

友人は視線をわたしにじっと据えていた。なぜわたしに直接言わず、友人になど相談したのだろう。わたしはぽかんとした。まったく解《げ》せなかった。その通りのことを友人に言うと、友人はため息をつき、だって。とつぶやいた。だって、恋していると きって、不安なものでしょ。大町さんは、そうじゃなかったの。

それとこれとは、ちがうことである。不安は、当事者のわたしにぶつけるべきものであって、第三者である友人に相談するというのは、まったくの見当違いとしか思えなかった。

ごめんなさい。迷惑かけたわね。筋がちがってたわよね。わたしが謝ると、友人はさきほどよりももっとふかぶかと、ため息をついた。筋って、何よ。筋って。

すでにそのときは恋人と会わなくなって三カ月ほどが過ぎていた。友人は最後までなんだかんだとじゃらじゃら言っていたが、わたしははんぶん上の空でいた。恋愛というものを、自分はしにくい質なのかもしれないとしみじみ思っていた。恋愛というものが、そんなじゃらじゃらしたものなら、あまりしたくないとも思っていた。そのときの友人が、当のわたしの恋人と結婚したのは、それからわずか半年後だった。

めまいがひいた。天井が見えた。この部屋の電球は切れていないが、まだ灯《とも》していない。外は暮れていた。窓越しに、冷たい空気が伝わってくる。暮れると、急に冷える。ぐずぐず布団にいるから、昔のことなど思い出すのだ。足の血も、おおかた止まった。大判のバンドエイドをはりつけ、靴下をはき、スリッパもはいて、流しの前の床を片づけた。

ガラス片が、灯した隣の部屋の電球の光に反射して、淡く光る。恋人のことを、ほんとうは、わたしはずいぶんと好きだった。あのとき、電話をすればよかったのだ。ほんとうは電話をしたかったのだ。でも、電話の向こうでひややかな声を出されたら、と思うと、体がこおりついた。恋人も同じように思っていたなんて、知らなかった。知ったときには、すでに恋情は妙なかたちにひしゃげて、気持ちの奥底に押しこめられてしまっていた。恋人と友人との結婚式に、わたしはきちんと出席した。運命のごとき恋だったそうな、と誰かがスピーチした。

ウンメイノゴトキコイ。自分にやがてウンメイノゴトキコイがおとずれる可能性は、万に一つもないだろうと、スピーチを聞きながら、雛《ひな》壇に座る恋人と友人を眺めながら、思った。

林檎が食べたくなって、かごから一つ取り出した。母と同じ剝き方をしてみた。途中で、皮は切れた。突然涙が出てきて驚いた。玉葱《たまねぎ》をきざんだのでもあるまいに、林檎で、泣いた。林檎を食べている間も、泣いていた。しゃくしゃくと嚙《か》む音の合間に、涙が流しのステンレスにぽたりと垂れる音がした。流しの前で、立ったまま、食べたり泣いたり、いそがしくした。

厚いコートを着て、わたしは部屋を出た。もう何年も着ている、けばだったコートである。深緑色の、けばだっていても、あたたかなコートだ。泣いたあとは、いつもよりも寒くなる。林檎も食べおえ、部屋で震えていたが、じきに飽きた。ゆったりとした、これも何年か着ている赤いセーターの下は、茶色いウールのパンツにした。厚い靴下にはきかえ、手袋もはめ、底が厚めの運動靴をはいて、外に出た。

オリオンの三つ星がきれいに見えていた。まっすぐに、歩いた。元気よさげな歩調で、歩いた。歩いているうちに、少しだけ体があたたまってきた。どこかの犬に吠《ほ》えられて、一瞬涙が出た。じきに四十歳になろうというのに、子供みたいになっている。子供のように、手を大きく振って、歩いた。空き缶があれば、蹴《け》った。みちばたの枯れ草を、何本も折りとった。自転車が何台も、駅のほうから走ってくる。無灯火の一台にぶつかりそうになり、おこられた。また涙がじんわりと出た。座りこんでしくしく泣きたくなった。しかし寒いので、やめておいた。

すっかり子供になっている。バス停の前に、立った。十分ほど待ったが、来ない。時刻表を見ると、最終のバスはすでに出てしまっていた。ますます心ぼそくなった。足ぶみをした。体が、あたたまらない。こういうとき、大人ならば、どうやってあたたまればいいのかを、知っている。今わたしは子供なので、あたたまりかたが、わからない。

そのまま駅に向かって歩いた。いつも見慣れている道が、よそよそしかった。長く道草をして、日が暮れて、家までの道がぜんぜんちがうもののように感じられた子供のころに、すっかり戻っていた。

センセイ、とつぶやいた。センセイ、帰り道がわかりません。

しかしセンセイはいなかった。この夜の、どこに、センセイはいるのだろう。そういえば、センセイに電話をしたことが、なかった。いつも、ふと会って、ふと一緒に歩いた。ふと訪ねて、ふと一緒に酒を飲んだ。ひと月も話さない、会わないこともあった。かつて、恋人とひと月も電話をしなければ、会わなければ、心配でしかたなかった。会わない間に、恋人はかき消したようにいなくなってしまうのではないか。見知らぬものになってしまうのではないか。

センセイとは、さほど頻繁に会わない。恋人でもないのだから、それが道理だ。会わないときも、センセイは遠くならない。センセイはいつだってセンセイだ。この夜のどこかに、必ずいる。

どんどん心ぼそくなるので、歌をうたった。最初は「春のうららのすみだ川」と始めたが、寒い空気にぜんぜんそぐわないので、途中でやめた。冬の歌を記憶の中に探したが、思いあたらなかった。ようやく口にのぼったのは、「山はしろがね朝日をあびて」という、スキーの歌である。今の心もちにまったく似合わなかったが、ほかに冬の歌を知らないので、しかたなく、うたった。

「飛ぶは粉雪《こゆき》か舞いたつ霧か、

おおおこの身も駆けるよ駆ける」

歌詞をきちんと覚えていた。一番だけでなく、二番まで覚えていた。「おおお楽しや手練の飛躍」なんていう歌詞を、自分が覚えているのにびっくりした。少し気をよくして、三番にうつったが、どうしても最後のところが出てこない。「空は緑よ大地は白よ」までは出るのに、最後四小節のところが、思い出せない。

闇《やみ》の中で立ち止まり、考えこんだ。ときどき駅のほうから人が歩いてくる。立ち止まっているわたしを、よけて歩いてゆく。小さな声で三番の歌詞を口ずさみはじめると、なおさらよけられた。

思い出せなくなって、また泣きたくなった。足が勝手に歩き、涙が勝手に流れる。ツキコさん、と呼ばれても、振り向かなかった。どうせ、頭の中の声だろう。センセイが都合よくここに出てくるはずもない。

ツキコさん。もう一度、呼ばれた。

振り向くと、センセイが立っていた。軽くてあたたかそうなコートを着て、いつもの鞄《かばん》を提げて、姿勢よく立っていた。

センセイ、こんなところで、どうしたんです。

散歩ですよ。いい夜ですな。

ほんとうにセンセイなのだろうかと、手の甲をこっそりつねった。痛い。夢の中のことではないかと疑ってつねってみるということを、現実に人が行うことがあるのを、生まれてはじめて知った。

センセイ。わたしは呼びかけた。少し離れたところから、静かに呼びかけた。

ツキコさん。センセイは答えた。わたしの名前だけを、ただ口にした。

しばらく闇の中で向かいあい、そうしているうちに、涙はもう出なくなった。ますます出たらどうしようと危惧《きぐ》していたので、安心した。センセイに涙なんぞ見せたひには、あとあと何を言われるか、わかったものではない。

ツキコさん。最後はですね、「おおおあの丘われらを招く」ですよ。センセイが、言った。え。「スキー」の歌詞ですよ、ワタクシも以前は少しばかりスキーをたしなんだものでした。

センセイと並んでわたしは歩きはじめた。二人で駅に向かった。お休みの日は、サトルさんのお店、やってませんよ。わたしが言うと、センセイは前を向いたまま、頷いた。たまには他の店に入るのも、いいものですよ。ツキコさん、今年はじめて一緒に飲むことになりますね。そうだツキコさん、明けましておめでとうございます。

サトルさんの店の並びにある赤ちょうちんに入り、コートを着たまま椅子《いす》に腰かけた。生ビールを頼んで、ひといきに空けた。ツキコさん、あなた何かに似てますね。センセイもひといきにビールを干しながら、言った。何か。そう、喉元《のどもと》まで出かかっているんですが。

湯豆腐をわたしは注文し、センセイはぶりの照り焼きを頼んだ。そうだ、クリスマスです。緑のコートに赤いセーター、茶色いズボン、樅《もみ》の木みたいですね。センセイが少し高めの声で、言った。もうお正月ですけれどねえ。わたしは答えた。クリスマスは、ツキコさん、恋人と過ごしたりしましたか。センセイが聞く。しませんよ。恋人、いないんですか、ツキコさんは。ふん、恋人の一人や二人や十人くらい、いますとも。なるほど、なるほど。

すぐにわたしたちはお酒にうつった。燗《かん》をつけた徳利を持ち上げ、センセイの杯に注いだ。突然体があたたかくなって、わたしはまた泣きそうになった。でも泣かなかった。泣くよりも、お酒を飲むほうが、よかった。センセイ、明けましておめでとうございます。今年もどうぞよろしくお願いいたします。ひといきに言うと、センセイは笑った。ツキコさん、よくご挨拶《あいさつ》できましたね。えらいえらい。そう言って、わたしの頭を撫《な》でた。センセイに撫でられながら、わたしはゆっくりとお酒をすすった。

多生

通りを歩いていると、センセイにばったり行きあった。

昼過ぎまでわたしはぐずぐずと寝床の中で過ごしていた。このひと月、とても忙しかったのだ。部屋に帰り着くのはいつも夜の十二時近く。そのまま風呂《ふろ》にも入らず、顔をごしごし洗ってからすぐさまばったりと眠りにつく日が、幾日も続いた。週末も、ほとんどが出社。ろくなものを食べていなかったので、やつれた表情になる。わたしはくいしんぼうなので、ゆっくりと好き勝手に食べられないと、だんだん生気がなくなってくるのだ。顔つきが、暗ったくなってくるのだ。

それがようやく昨日の金曜日で、忙しさに一段落がついた。ひさしぶりの、土曜日の朝寝だった。思うさま朝寝した後は、風呂にたっぷりと湯をため、雑誌を持って入る。髪を洗い、いい匂《にお》いのする液をたらした湯に何回も浸り、その間に雑誌の半分ほどを精読し、ときどき風呂の外に出て涼む。二時間ほども風呂で過ごしたにちがいない。

湯をおとして浴槽をささっとみがき、頭にタオルをまきつけただけの裸姿のまま、部屋の中を闊歩《かっぽ》した。一人でいるのはいい、と思う瞬間である。冷蔵庫を開けて炭酸水の瓶を取り出し、コップに半分ほどついでぐいぐい飲む。そういえば若いころは炭酸水が苦手だった。二十代のころ、女友達と二人でフランスを旅したときに、喉《のど》が渇いたのでカフェに入ったことがある。ただ水が飲みたくて、「水」と注文したら、炭酸水が出てきた。渇ききった喉をうるおそうとして飲み下したとたんに、むせて吐き出しそうになった。喉は渇いている。水は目の前にある。しかしその水はふつふつと炭酸を湧《わ》きださせている、つらく硬い水であった。飲みたくとも、喉が拒否した。「炭酸水ではなくふつうの水がいいんです」というフランス語を喋《しゃべ》ることができなかったので、友人の頼んだレモン水を泣く泣く分けてもらった。甘いレモン水だった。甘さがにくらしかった。そのころはまだ水の代わりにビールで喉をうるおすような生活はしていなかったのだ。

炭酸水を好むようになったのは、三十代の半ば以降である。ハイボールやら酎《ちゅう》ハイやらをしばしば飲むようになった。ウィルキンソン炭酸の緑の細い瓶を、いつの間にか冷蔵庫に常備するようになった。ついでに、ウィルキンソンジンジャエールも数本。酒をあまり飲まない友人がたまに訪ねてくるときのために置いてある。服も食べ物も道具も、おおかたは銘柄を気にしない無頓着《むとんちゃく》な質《たち》だが、炭酸だけはウィルキンソン社製と決めている。歩いて二分のところにある酒屋がたまたまウィルキンソン社の炭酸を扱っているというのが、おもな理由である。偶然のような理由ではあるが、もしもこの場所から引っ越して、その引っ越し先の近くに酒屋がなかったとき、はたまた酒屋はあったとしてもウィルキンソン社謹製品を扱っていなかったときには、たぶん炭酸水を常備することはもうないだろう。と、その程度の拘泥《こだわり》だ。

一人でいると、かくのごとく頭の中で思うことが多い。ウィルキンソン社云々《うんぬん》のことも遠い以前の欧州旅行のことも、炭酸の中の泡のようにふつふつと頭の中に湧き出でてはむやむやむやっとひろがる。わたしは裸のまま姿見の前にぼんやり佇《たたず》んでいるのだ。そういうときに、横にいる誰かと会話を交わすがごとく、すぐ横にいて実際にはいない自分と、むやむやっと広がったことごとを確かめあうのだ。姿見の中の、必要以上に重力に対して素直な自分の裸のからだは、いっさい目に入っていない。見えている自分ではなく、見えていない自分、部屋に浮遊しているこまかな自分の気配みたいなもの、と会話を交わすのである。

夕方まで部屋にいた。本をめくりながら、ぼんやりと過ごした。そのうちにまた眠くなって、三十分ほど眠ったりもした。目が覚めてカーテンを開けてみると、すっかり暮れている。暦の上では立春過ぎだが、まだ日は短い。冬至のころの、追い立てられるような日の短さのほうが、いっそのこと気楽である。どうせすぐさま暮れてしまうのだと思えば、暮れがたのあの後悔をさそうふぜいの薄闇《うすやみ》にも、心がそなえを持つことができる。まだ暮れまい、もうちょっとは暮れまい、と思うようになる今どきの日脚の伸びたころの夕暮れには、足をすくわれる。あ、暮れた、と思った次の刹那《せつな》に、ひしひしと心細さが押し寄せてきてしまう。

それで、外に出た。通りに出て、生きているのは自分だけではないことを、生きて心細い思いをしているのは自分だけではないことを、確かめたくなった。しかし通る人の姿かたちを見ているだけでは、そんなことは確かめようがないのだ。確かめたい確かめたいと思うほど、何も確かめられない。

そんなときに、センセイにばったりと行きあった。

「ツキコさん、ワタクシは尻《しり》が痛いのです」

並んだとたんに、センセイが言った。え、と驚いてセンセイの顔を見るが、たいして痛そうでもなく、平然としている。どうしてまたお尻なんか。わたしが聞くと、センセイは少し顔をしかめた。

「若い女性が、尻、などという言葉を使ってはいけません」

じゃあいったい何と言えばいいんですか、とわたしが聞く前に、センセイは、

「臀部《でんぶ》、だの、腰のあたり、だの、いくらでも言いかたはあるでしょう」と重ねた。

「まったく近ごろの若いひとは語彙《ごい》が少なくて困ります」

わたしが笑って答えないでいると、センセイも笑った。

「そういうわけで、今夜はサトルさんの店はよしましょう」

ふたたび、え、と見るわたしに向かって、センセイは軽く頷《うなず》いた。

「痛そうにしていると、心配かけるでしょう。心配されながら酒を飲むのは、本意ではありません」

それならば酒など飲みに行かなければいいようなものだが。

「しかし袖《そで》すりあうも多生の縁と言うではありませんか」

センセイとわたしは、タショウのエンですか。わたしが聞くと、反対に、

「ツキコさん、多生の縁て、どういう意味か、ご存じですか」と聞き返された。

ちょっとは縁がある、っていうことですか。しばらく考えてから答えると、センセイは眉《まゆ》をひそめながら首を横に振った。

「多少、ではないんですよ。多生、多く生きる、ですよ」

はあ、とわたしは答えた。わたし、あの、国語はあんまり得意じゃなくて。

「真面目《まじめ》に勉強しなかったからでしょう」センセイはきめつける。

「ツキコさん、多生というのは、生き物は何回でも生まれ変わる、という仏教の考え方から来た言葉なんですよ」

サトルさんの店の隣にあるおでん屋に、センセイは先に立って入っていった。よく見れば、なるほどセンセイは少し上体を傾けるようにして歩いている。尻、もとい、腰のあたりは、どのくらい痛いのだろうか。センセイの表情からは読み取れない。

「熱燗《あつかん》をお願いいたします」とセンセイが言い、ビール一本、とわたしがつづけた。すぐに一合徳利とビールの中瓶と盃《さかずき》とコップが差し出された。わたしたちは手酌でおのおの自分のぶんをつぎ、乾杯をした。

「多生の縁とはつまり、前世で結ばれた縁、という意味です」

前世ですか。わたしは少しばかり大きな声をあげた。センセイと、前世から結ばれていたんですか、わたし。

「人と人とは、誰もそうでしょう、たぶん」センセイは落ち着きはらって答え、徳利から盃に、大事そうに酒をつぎ足した。カウンターの隣に座っている若い男性客が、センセイとわたしをじっと眺めている。さきほどわたしが大きい声を出したときから、じっと見ている。男性客は、耳に三つピアスをしていた。金色の小粒のが二つに、いちばん下に開いた穴にはぶらぶらと揺れる殊《こと》に光ったのが、下がっている。前世って、センセイ、信じますか。わたしも熱燗、とカウンターの中に声をかけてから、聞いた。隣の客も、耳を澄ませているような様子だ。

「少しばかりね」

センセイの答えは、意外に感じられた。前世なんかあなた信じるんですかツキコさん、ずいぶんと、その、情緒的ですね。そのくらいのことをセンセイならば言いそうに思っていた。

「前世というか因縁というか」

大根につみれにすじお願いいたします。センセイが注文した。ちくわぶと糸こんにゃくを、それから大根をこっちにも一つね。わたしも負けじと注文する。隣の若い男も昆布とはんぺんを頼んだ。しばらく因縁やら前世やらの話は止《や》んで、わたしたちはおでんに集中した。センセイは上体を傾けたまま適宜な大きさに箸《はし》で切った大根を口に運び、わたしは少し前かがみになってそのままの大根をかじりとる。お酒もおでんも、ほんとにおいしいですねえ。わたしが言うと、センセイはわたしの頭を軽く撫《な》でた。このごろ、そういえばセンセイはおりにふれてわたしの頭を撫でるようになっている。

「食べ物をおいしそうに食べる人間は、よろしいですね」そんなふうに言いながら、撫でた。センセイ、もうちょっと注文しましょうか。そうですね。言い合いながら、また注文した。隣の若い男は、ずいぶんと顔を赤くしている。空らしい徳利が三本、男の前に並んでいる。空いたコップもあるから、ビールも飲んだのだろう。こちらに男の荒い息が届いてくる感じの酔いを、発している。

「おたくら、どういうんですか」

突然、男が話しかけてきた。男の皿の上の昆布もはんぺんも、ほんの少しちぎりとったままに置いてある。四本めの徳利から自分の盃に酒をそそぎながら、男は酒じみた息をこちらに吹きかけるようにする。男の耳のピアスが、きれいに光っていた。

「どういうとは」センセイも徳利を傾けながら、答えた。

「あのさ、いいご身分だよね、おたくら」笑いながら、言う。笑いに、妙なものが混じっている。以前小さな蛙《かえる》をまちがってのみこんでしまった人がそれ以来腹の底からは決して笑えなくなってしまったような、そんなふうな妙につっかかった様子の笑いだった。

「いい、とは」センセイはさらに真面目に聞き返す。

「歳《とし》も離れてるんだろうのに、いちゃいちゃしちゃってさ」

センセイは、ああ、というふうに鷹揚《おうよう》に頷き、それからまっすぐ前を向いた。ぴしゃり、という音がその瞬間したように感じられた。キミのような男とは、ワタクシは話をいたしません。声には出さなかったけれども、センセイの頭の中でそういう声がしたのは、確かだった。わたしも感じたし、男も感じたようだった。

「いやらしいんだよ、だいたい、いい歳してさ」センセイが二度とは男に対して答えないだろうことを知っていながら、そして知っただろうがゆえにますます、男は言いつのった。

「このじいさん、あんたとヤッてるの」

センセイ越しに、わたしに向かって、言う。男の声は、店の中に響きわたった。センセイの顔を窺《うかが》ったが、むろんこんなことで表情を崩すセンセイではない。

「月何回くらいヤッてるんだよ、ええ」

「ヤスダちゃん、ちょっと」おでん屋の店主が男をさえぎろうとした。見たところよりもかなり、若い男の酔いは深いようだった。男のからだが、こきざみに前後に揺れている。センセイがもし間に座っていなければ、わたしは男をひっぱたいていたにちがいない。

「うるせえよう」男はこんどは店主に向かって叫び、自分の盃の中の酒を、店主の顔めがけてひっかけようとした。しかし酔いのために目標はそれ、おおかたの酒は男のズボンにこぼれた。

「ばかやろ」男は店主が差し出したタオルで酒がこぼれた場所からずれた場所を拭《ふ》きながら、ふたたび叫んだ。それからカウンターにつっぷし、突然いびきをかきはじめた。

「ヤスダちゃん、どうもこのところ癖が悪くって」店主は言いながら、わたしたちに向かって片手おがみをし頭を下げた。はあ、とわたしはあいまいに頷いたが、センセイは頷かずに、ただ「もう一本、熱燗でお願いいたします」といつもと同じ調子の声で言っただけだった。

「ツキコさん、もうしわけない」

若い男は、ずっとつっぷしていびきをかいている。店主が何回か揺り起こすが、なかなか起きない。これでね、起きたらすぐに帰るはずですから。店主はわたしたちに向かって言ってから、テーブル席の注文を聞きにいった。

「ツキコさんに嫌な思いをさせてしまいました。もうしわけない」

そんなことおっしゃらないでくださいセンセイ。そう言おうと思うのだが、声にならなかった。ひどく、腹が立っていた。自分のために、ではない。センセイにこんな無意味な謝罪をさせたために、である。

早く出てってくれませんかね、この男。わたしは顎《あご》で男をさしながら、つぶやいた。しかし男はやたら大きないびきをかくばかりで、微動だにしない。

「よく光ってますね」センセイが言った。

え、と聞き返すと、センセイはにこにこ笑いながら、男のピアスを指す。そういえば、よく光ってますね。少々毒気を抜かれて、わたしは答えた。センセイというひとが、ときどきわからなくなる。わたしももう一本徳利を頼み、熱い酒を口にふくんだ。センセイは、なんだかくすくす笑いつづけている。何をこのひとは笑っているのだろう。憮然《ぶぜん》としたまま、わたしは手洗いに行き、勢いよく用を足した。それで少し気がおさまったのか、ふたたびセンセイの隣に座ったときにはいくらか鎮《しず》まった心もちになっていた。

「ツキコさん、これ、これですよ」

センセイがまるめていたてのひらを、そっと開いた。見ると、センセイのてのひらの上に、光るものがある。

何ですか、これ。

「あれですよ、ほら、耳についていたあれ」センセイの視線が、いびきをかいている若い男に流れた。一緒にわたしも視線を向けると、男性の耳に下がっていた、いちばんよく光るじゃらじゃらしたピアスが消えていた。二つぶの小さな金色は残っているが、耳たぶの端の穴には何もついていなくて、ただ穴ばかりが多少ひろがり気味に、そこにあった。

センセイ、盗《と》ったんですか。

「すってやりました」

天真爛漫《てんしんらんまん》な表情である。

それ、まずいんじゃないですか。わたしが咎《とが》めても、センセイは落ちつきはらって首を横に振る。

「内田百閒《ひやっけん》の話にね、こんなのがあります」などと言いはじめる。

たしか、素人掏摸《しろうとすり》、という題の短篇だった。酔って無礼になってぞんざいな口をきく相手のその胸に、金鎖がぶらぶらしている。ただでさえ無礼さがいまいましいから、当の相手の金鎖が、ますます目ざわりになってくる。それで、すった。難なく、すった。相手が酔っているから簡単だろうと思うのはまちがいで、するほうの自分も酔っぱらっているのだから、対等なものなのである。

「そんな内容でした。百閒は、じつにいいですね」国語の授業中、そういえばいつもセンセイはこういう天真爛漫な表情をしていた。思い出した。

それで、センセイもすったんですか。わたしが聞くと、センセイは大きく頷いた。

「まあ、百閒に倣《なら》ったというようなわけです」

内田百閒という作家、ツキコさんは知っていますか。そうセンセイに聞かれると思ったが、センセイは聞かなかった。かすかに、聞いたことのある名前ではあるが、よく知らない。めちゃくちゃな理屈の話だ。酔っていようがいまいが、ものをすってはいけない。しかし筋は妙に通っている。そのあたりの筋の通り方が、センセイといくらか似ているのかもしれない。

「ツキコさん、ワタクシは、相手をこらしめるためにこういうことをしたのでは、ありません。ただ、いまいましく思っている自分を満足させるために、すったのです。そこのところを、勘違いなさらぬよう」

勘違い、しません。わたしは慎重に答え、それから酒をくいくい飲んだ。もう一本ずつ徳利を空けて、いつものように別々に勘定をすませ、店を出た。

月が明るい。満月に近い。センセイ、センセイは心細くなること、ありますか。共に前を向きながら、同じ方向に顔を向けながら、ふと聞いてみた。

「尻《しり》を痛めたときは、心細かったです」前を向いたまま、センセイは答えた。

そういえば、お尻、いえその、臀部、どうしたんですか。

「ズボンを穿《は》こうとしたときに、ズボンにつっかかって、ころびました。それで、したたかに尻を打った」

あはは、と思わずわたしは笑った。センセイも、少し笑った。

「心細かったなんてもんじゃない。体の痛みが、いちばん心細さを誘いますね」

センセイは、炭酸水、お好きですか。つづけて、わたしは聞いてみた。

「話が飛びますね。ワタクシは、そうですね、昔からウィルキンソン社の炭酸水を好んで飲みます」

そうですか。そうなんですね。わたしも前を向いたまま、答えた。

月が、高い場所にある。雲がわずかにかかっている。春の気配はまだ遠いが、おでん屋に入ったときよりも春が近くなったように感じられた。

そのピアス、どうするんですか。わたしが聞くと、センセイはしばらく考えていた。

「箪笥《たんす》に、しまっておきましょう。ときどき出して、たのしみます」やがてセンセイは答えた。

汽車土瓶のしまってある箪笥ですね。わたしが確かめると、センセイは重々しく頷《うなず》いた。

「そうです、記念の品がしまってある箪笥です」

今夜は、記念の夜ですか。

「ひさしぶりに、すりました」

そういえば、センセイ、いつごろすりの技を身につけたんですか。

「前世でね、ちょっとね」センセイは言い、くすくすと笑った。

センセイとわたしは、かすかに春になりかかっている空気の中を、ゆっくりと歩いてゆく。月が、金色に光っている。

花見

その1

「石野先生から葉書が来まして」とセンセイが言ったのが、気にかかった。

石野先生は現役の高校の美術の先生である。わたしが在学していたころは、まだ三十代の半ばごろだったはずだ。豊かに黒く波うつ髪をいつもうしろで一つにまとめ、アトリエ着をはおり廊下をすっすと歩いていた。ほっそりとした体にエネルギーがみなぎっている感じのひとだった。男子生徒にも女子生徒にも人気があり、美術部の部室には、放課後になれば、いつもひとくせありそうな部員たちが「溜《た》まって」いた。

石野先生がこもっている美術準備室からコーヒーの香りが漂って来ると、部員たちは準備室の扉をこんこんと叩《たた》いた。

「なによ」と石野先生はかすれた声で答える。

「先生さあ、おれたちにもお相伴させてよ、コーヒー」扉越しに部員が言う。わざと乱雑な口調で、言う。

「はいはい」と言いながら、石野先生は扉を開け、いっぱいに淹《い》れたコーヒーをサイフォンごと部員に渡してやる。「お相伴」にあずかるのは、部長と副部長、そして三年生の何人かである。下級生にはまだその権利はない。石野先生も、友人の窯《かま》で自ら焼かせてもらったという大ぶりの益子焼《ましこ》のカップを両手に持ち、準備室から出てきてコーヒーを一緒に飲む。それから少し背をそらし気味に、部員たちの作品を見てまわる。ふたたび椅子《いす》に座り、コーヒーの残りを飲みほす。クリームは入れない。部員たちは勝手にクリープやら砂糖の袋やらを用意していたが、石野先生はいつもブラックだった。

いつか私も石野先生みたいな感じの女性になりたいんだ、と同じ組の美術部の友人がうっとりと言うので、何回か部室を覗《のぞ》きに行ったことがある。部員以外の人間がたむろしていても平気、というタイプの場所だった。あたたかく、シンナーくさく、ほんの少し煙草《たばこ》の匂《にお》いもした。

「ね、かっこいいひとでしょ」と友人が言うので、わたしは、うんまあ、と頷いた。しかしわたしは「手づくりの益子焼」というものが、じつのところ嫌いだった。石野先生自身のたたずまいは好きでも嫌いでもなかったが、なにしろ「手づくりの益子焼」である。本来の益子焼には何のうらみもないのだが。

石野先生には一年生の美術の時間に教わったきりだ。石膏像《せっこう》のデッサンと静物の水彩スケッチを行った記憶が少しある。成績は、中の下だった。石野先生はわたしたちが在学中に同じ学校の社会科の先生と結婚した。今はたぶん五十代の半ばになっているはずである。

「お花見のお知らせですよ」センセイはしばらくしてから言った。

はあ、とわたしは答えた。お花見ですか。

「恒例のね。毎年学校前の土手で、学校が始まる何日か前に、するんですよ」

その恒例のお花見にツキコさんもいかがですか、とセンセイは言う。

はあ、とわたしはまた答えた。お花見、いいですね。ちっともよくなさそうな口調である。センセイはしかしわたしの口調には無頓着《むとんちゃく》な様子で、葉書をじっと眺めていた。

「あいかわらず石野先生の字はいい字ですね」とセンセイは言った。それから鞄《かばん》のファスナーをていねいに開け、葉書を仕切りの一つにすべりこませた。ふたたびセンセイがファスナーをじーっといわせて閉めるのを、わたしはぼんやりと見ていた。

「四月七日ですからね。お忘れなく」バス停のところで手を振りながら、センセイは念押しした。忘れないようにします。学生に戻ったような言いかたで、わたしは答えた。少し投げやりで、心ぼそげで、子供っぽい、言いかた。

何回聞いても、松本先生、という呼び名になじまない。松本先生とは、センセイのことである。正式には、松本春綱先生。先生どうしというものは、お互いのことを「先生」と呼びあうものらしい。松本先生。京極先生。本田先生。西川原先生。石野先生。その他。

誘われたが、花見になど行きたくなかった。会社が忙しいんです、とかなんとか言い訳をして欠席しようと思っていた。しかし、当日センセイは、わたしのアパートの下まで迎えに来てしまった。センセイらしくない行動である。らしくないセンセイは、それでもいつものように鞄を提げて、春のコートを着て、すっくりと立っていた。

「ツキコさん、敷物は持ちましたか」などと言いながら、アパートの下で待っている。わたしの部屋のある二階までは上がってこようとしない。笑顔で、信じきったような表情で待っているセンセイを見たなら、もう言い訳などできはしない。仕方なくわたしはごわごわするビニールの敷物を乱暴にバッグに押し込んで、そのへんに散らかしてあった服を手当たりしだいに身につけ、サトルさんたちとキノコ狩に行って以来いまだに洗っていない運動靴をつっかけて、階段をとんとんと降りていった。

土手の上はすでに盛況だった。現職の先生たちや、退職した先生たちや、それに加えて何人もの卒業生たちが、土手いっぱいに敷物をしき、一升瓶やビールを並べ、持ち寄った食べものを広げ、笑いさざめいている。どこが花見の中心なのか、よくわからない。センセイとわたしが敷物をしいてまわりの人々に挨拶《あいさつ》を一通りし終わってからも、次々に人がやってきては、持参の敷物を広げた。芽吹いては葉を広げてゆく植物のように、花見客はどんどん広がっていった。

そのうちにセンセイとわたしの間に「摂津先生」という老人が入り込み、さらに摂津先生とわたしの間に「牧田先生」という若い女性が入り、牧田先生の隣には「柴崎さん」と「恩田くん」と「歌山さん」が来て、そのうちに何がなんだかわからなくなってきた。

センセイはいつの間にか石野先生と並んで、楽しそうに酒を飲んでいる。商店街の鶏肉屋《とりにく》で買ってきたタレの焼きとりの串《くし》を、手に持っている。いつもならばセンセイは頑固に塩の焼きとりしか食べないくせに、こういうところでは融通のきく質《たち》なのだな、と責めるような心もちになりながら、わたしは隅のほうで一人酒をすすっていた。

土手の上からは、校庭の土が白く反射して見える。新学期が始まる前の学校は、森閑としていた。校舎も校庭もわたしが通っていたころと変わりない。校舎のぐるりに植えられた桜の木の背ばかりが、ずいぶんと高くなっていた。

「大町はさ、まだ結婚してないの」と突然聞かれて、わたしは顔をあげた。いつの間にか隣に中年の男性が座っていた。顔を上げたわたしを見ながら、男性は紙コップにつがれた酒をひとくち、飲んだ。

「十七回結婚して十七回離婚したけれど今は独身です」わたしは早口に答えた。見覚えのある顔だが、思い出せなかった。男性は、しばらくぽかんとしていたが、やがてくすくす笑いだした。

「そりゃまた、非凡な人生だね」

「そうでもないです」

くすくす笑う男性の顔の奥に、かすかに高校時代のおもかげがあった。そうだ、たしか同じ組の男の子だった。黙っているときの顔と笑った顔の落差に特徴のある、名前は何と言ったろうか、喉元《のどもと》まで出てきているのだが、思い出せなかった。

「俺はね、一回結婚して一回離婚しただけだよ」くすくす笑い続けながら男性は言った。

わたしも紙コップの中の酒を、半分ほど飲んだ。花びらが一枚、酒に浮かんでいる。

「お互いたいへんだったなあ」

くすくす笑いながらも、男性の表情からはあたたかさがにじみ出ていた。わたしは男性の名前を思い出した。小島孝《たかし》、という名だった。高校一年二年と、続けて同じ組だった。出席番号が互いに前の方なので、新学期に出席番号順に割り振られる座席が、いつも近かった。

「ごめんなさいね、へんな冗談言っちゃって」

謝ると、小島孝は首を横に振って、また笑った。

「大町ってさ、昔からそういう感じだったよなあ」

「え」

「真面目《まじめ》な顔して突拍子もないこと言いだすタイプ」

そうだったろうか。冗談や戯《ざ》れ言《ごと》をわたしは言うタイプではなかったはずだ。休み時間にはひっそりと校庭の片隅にいて、飛んできたボールを投げ返してあげるようなタイプだったと思うのだが。

「小島くん、今何してるの」

「サラリーマン。大町は」

「OL」

「そうか」

「そうよ」

風がかすかに吹いている。まだ桜は盛大には散りはじめていないが、ときおり風に乗ってひとひらふたひら、散りかかった。

「俺さ、鮎子《あゆこ》と結婚してたんだぜ」しばらくたってから、小島孝がぽつりと言った。

「え」

鮎子、というのは、石野先生のような女性になりたい、と言いながらわたしを美術部の部室に連れていった女の子だ。石野先生に、そういえば鮎子は少し似ていた。小柄で、エネルギーにあふれていて、しかしごくたまに退嬰《たいえい》的なものをちらりとのぞかせる。意識してではないだろう。その退嬰的なものが、多くの男の子をひきつけた。鮎子にはしょっちゅう「ラブレター」やら「呼び出し」やらが来ていた。けれど鮎子はどの男の子にも応じなかった。少なくとも表だっては。大学生か社会人の男性と鮎子はつきあっているのだという噂《うわさ》もあったが、わたしと連れ立って下校途中でソフトクリームなどをなめながら歩く鮎子には、そんな雰囲気はみじんも感じられなかった。

「ぜんぜん知らなかった」

「ほとんど誰にも知らせなかったからな」

大学生の時に鮎子と学生結婚したが、三年後に別れたのだと小島孝は言った。

「ずいぶん早い結婚だったのね」

「同棲《どうせい》とかじゃなくて、結婚っていう形に鮎子がこだわったからね」

小島孝は一年浪人していたので、鮎子の方が一年早く会社に入った。その会社の上司と鮎子が恋愛をして、すったもんだのあげく結局は離婚することになったのだ。小島孝はたんたんと語った。

小島孝とは、そういえば一度だけデートをしたことがあった。たしか、高校二年の三学期だった。映画に、行ったのだ。本屋で待ち合わせ、映画館まで歩き、小島孝の持っていた前売り券で入場した。「お金、払うよ」わたしが言うと、小島孝は「兄貴からもらった切符だから、いいんだ」と答えた。

小島孝に兄はいなかったはずだと気がついたのは、デートの翌日だったか。小島孝は映画を見たあとわたしたちは公園を歩き、映画の感想を言いあった。映画の中のトリックにしきりに感心していたし、いっぽうのわたしは主人公の女性のかぶっていたさまざまな帽子にしきりに感心していた。クレープの屋台があったので、小島孝が「食べる？」と聞いた。食べない、とわたしが答えると、小島孝はにやっと笑い、「よかった、俺甘いもん苦手なんだ」と言った。わたしたちはホットドッグと焼きそばを食べ、コーラを飲んだ。

小島孝がじつは甘いもの好きだということを知ったのは、高校を卒業してからである。

「鮎子は、元気なの」わたしが聞くと、小島孝はうん、と頷《うなず》いた。

「その上司と結婚して、三階建て2×4《ツーバイフォー》住宅に住んでるらしい」

ツーバイフォーか、とわたしが言い、ツーバイフォーなんだ、と小島孝が答えた。

強めの風が吹いて、花びらがわたしと小島孝に散りかかった。

「大町は、結婚しないの」小島孝が聞いた。

うん、ツーバイフォーとかよく知らないし。わたしが答えると、小島孝は笑った。

コップの中に浮かんでいる花びらごと、わたしたちはお酒を飲み干した。

「ツキコさん、おいでなさい」とセンセイが呼んだ。石野先生も手招きしている。センセイの声は心なしかはずんでいた。わたしは、小島孝と話しこんでいて聞こえないふりをした。

「大町、呼ばれてるよ」小島孝が言っても、わたしは生返事をしていた。小島孝の頬が赤く染まっている。松本先生って、俺、ちょっと苦手だったたな。小島孝が小さな声で言った。大町は、どうだった。

よく覚えてない。わたしが答えると、小島孝は頷いた。大町って、昔からいつも茫《ぼう》洋《よう》としてたもんな。心ここにあらずっていうか。

センセイと石野先生が、何回めかの手招きをした。ちょうどわたしが風に乱れた髪をなおそうとしてそちらの方を向いたところだった。センセイと、目が合ってしまった。

「ツキコさん、こちらでご一緒しましょう」センセイが大きめの声で言った。高校生のころ、いつも教室で聞いていたセンセイの声だ。並んで一緒にお酒を飲むときの声とは、ちがう声。わたしはぷいとセンセイに背を向けた。

「俺さ、石野先生に、ちょっとあこがれてたんだ」小島孝がほがらかな調子で言った。先ほどよりも小島孝の頬の朱が濃くなっている。

「石野先生って、人気あったものね」わたしは感情をこめないようにしながら、言った。

「鮎子がさ、きゃあきゃあ言ってただろ」

「うん」

「それで、俺もなんかその気になっちゃって」

その気になるのが、いかにも小島孝らしい。わたしは小島孝のコップにお酒をついだ。小島孝は軽く息をつきながら、ほんの少しだけすすった。

「石野先生、あいかわらずきれいだな」

「そうね」感情をこめないこと。わたしは自分に言い聞かせた。

「もう五十代だろ、信じられないな」

「そうね」くれぐれも、こめないこと。

センセイは石野先生と愉《たの》しげに会話を交わしている（にちがいない。背中を向けているので見えないけれど）。ツキコさん、と呼ぶ声はもう聞こえなかった。日が落ちようとしている。ランタンがいくつか灯《とも》された。花見の宴はますますにぎやかになり、ところどころで歌も始まっていた。

「大町さ、抜け出して飲みなおさない」小島孝が言った。

すぐ横でわたしたちよりも歳《とし》のいった卒業生たちが「うさぎおいしかのやま」と歌いはじめた。どうしようかな、とわたしは小さく答えた。「こぶなつりしかのかわ」の「かのかわ」を中の一人の女性がはなばなしくビブラートをかけて歌いあげたので、小島孝が、え、聞こえないよ、と言いながら顔を寄せてきた。

「どうしようかな」もう一度わたしは大きめの声で言った。小島孝は寄せていた顔を離して、笑った。

「いつも大町って、どうしようかな、とか、迷うわねえ、とか言ってたよ、そういえば」

そうだったろうか。

「それも、確信に満ちて、そう言うんだよな」

確信に満ちて、逡巡《しゅんじゅん》する奴《やつ》だったよな、大町って。小島孝は愉快そうに言った。

「行こうか」わたしは、ゆっくりと、言った。

「抜け出そう。飲みなおそう」

日はすっかり暮れ、隣の卒業生たちは「ふるさと」を三番まで歌い終えていた。センセイと石野先生の声が、ざわめきの間を縫って、ときおりわたしの耳まで届く瞬間があった。センセイはわたしと喋《しゃべ》っているときよりもいくぶん隆《りゅう》とした声で、石野先生は聞き覚えのあるあのかすれた声で、内容まではわからない、語尾の「ですね」「だわ」といった類《たぐい》の音ばかりが届いてくる。

「行こう」わたしは言い、立ち上がった。敷物についた砂をはらい、乱雑にまるめるのを、小島孝はじっと見ていた。

「大町って、わりと雑？」などと聞く。雑よ。答えると、小島孝はまた笑った。あたたかな、笑いである。センセイの方を暗闇《くらやみ》ごしにうかがったが、よく見えなかった。

貸してみな、と言いながら小島孝はわたしの手から敷物を取り、ていねいにたたみなおしてくれる。どこ行く、と言いながら、わたしと小島孝は花見の座に背を向け、土手から道路に続く階段を下りはじめた。

花見

その2

小島孝が連れていってくれたのは、ビルの地下にあるこぢんまりとしたバーだった。

「学校の近くに、こんなお店があったんだね」とわたしが言うと、小島孝は頷《うなず》いた。

「もちろん高校生のころは来なかったけど」真面目《まじめ》に、言う。小島孝の言葉に、バーテンダーが笑った。バーテンダーは、女性だった。白いものがわずかに混じる髪をぴったりと頭になでつけ、アイロンのきいたシャツを着て、黒いギャルソンふうのエプロンをつけている。

「小島くんがこの店に来はじめてから、何年になるのかしら」

この店のご主人。前田さん。と小島孝が紹介した女性のバーテンダーは、わたしたちの前に豆の皿を置きながら、聞いた。やわらかな低い声である。

「鮎子とよく一緒に来たなあ」

「そうでしたね」

古いなじみ、ということになるのだろう。鮎子と一緒に来たということは、つまり鮎子とまだ別れていなかったころに来ていたということにほかならないだろうから、二十年ほども前から小島孝はこの店に通っているということになる。

「大町、腹へってない」小島孝がわたしの方を向いて、聞いた。

「ちょっとへってる」わたしが答えると、小島孝は「俺もへってるよ」と言った。

「ここは食いものがうまいんだぜ」と小島孝は言いながら、前田さんからメニューを受け取った。まかせる、とわたしが言うと、小島孝はじっとメニューに見入った。チーズ入りのオムレツ。チシャのサラダ。牡蠣《かき》のくんせい。小島孝はメニューの字を一つ一つ指さしながら、注文した。それから、さきほど前田さんが注意深く栓を抜いてくれた赤ワインのフルボトルから、ていねいにグラスにワインを注いだ。かんぱい、と小島孝が言うので、わたしもかんぱい、と答えた。センセイのことが一瞬頭の中をよぎったが、すぐにわたしは頭からセンセイの影を追い出した。グラスがかちりと鳴った。ワインは、ほどよい重みとちょっと沈んだ香りを持ったものだった。

「いいワインだね」とわたしが言うと、小島孝は、前田さんに向かって、

「ですって」と言った。前田さんは、頭を少し下げた。

「いえいえこちらこそ」わたしがあわてて同じように頭を下げると、小島孝も前田さんも笑った。

「ほんとに大町は変わってないな」小島孝は言い、ワインをくるりとグラスの中でま

わしてから、口にふくんだ。前田さんはカウンターの下につくりつけになっているらしい銀色の冷蔵庫を開けて、小島孝が注文したもののしたくを始めている。鮎子はどうしてる、だの、会社では何してるの、だの聞こうかとも思ったが、どちらもそう聞きたいことではなかったので、やめにした。小島孝は、くるりくるりとワインをまわしている。

「こうやってさ、くるくるまわしをしてる奴《やつ》が世の中にはよくいてさ、見るたびに気恥ずかしいって俺も思うんだけど」わたしは、小島孝がくるくるまわす手元を、注視していたのだ。小島孝は自分の手元に向かうわたしの視線を、わたしの目へと反対に辿《たど》りながら、言った。

「べ、べつにそんなこと思ってないよ、わたしは」でも、ほんとうは少し思っていた。

「だけど、大町、だまされたと思ってくるくるやってみろよ」小島孝は、わたしの目をのぞきこむようにしながら、勧めた。

「そう？」と言いながら、わたしはくるくるとワインをグラスの中でまわした。香りが、たちのぼる。口にふくむと、先ほどとはほんのわずかだが、違う味がした。さからわない、味になっているのだ。寄り添ってくる味、と言いかえてもいいかもしれない。

「ちがうね」わたしが目をまるくして言うと、小島孝は大きく頷いた。

「ちがうだろ、ほらみろ」

「おそれいりました」

小島孝と並んで、初めて来るバーでくるくるワインをまわして、こうばしい牡蠣のくんせいを食べて、わたしは不思議な時間の中に入りこんでいた。センセイのことがときおりちらりと頭の中をよぎったが、どのときも、ちらり、で終わった。高校時代に戻っている、というのでもなく、だからといって現在という時間に居ることを実感するわけでもなく、わたしは「バーまえだ」のカウンターで、ゆらりとしていた。どこにもない時間の中に入りこんでしまったようだった。チーズのオムレツはふんわりとあたたかく、チシャのサラダはぴりっとしまった味だった。ゆっくりとワイン一本を空け、小島孝はウオッカベースの、わたしはジンベースのカクテルを一杯ずつ飲み、すると夜は思ったよりもずっと深くなっていた。ついさっきまで夕暮れだと思っていたのに、もう十時を過ぎている。

「出る？」先ほどから口かずがいくらか少なくなっていた小島孝が聞いた。

「出ようか」何も考えずに、わたしは答えた。小島孝は鮎子と別れたいきさつをほんの少しだけ喋《しゃべ》ったが、わたしは小島孝が何を言ったんだったか、よく覚えていなかった。店の中は、くちあけのころのさらさらした空気ではなく、夜がこれから更《ふ》けていこうとするときの、濃密ではなやかな空気に満たされていた。カウンターの中にはいつの間にかもう一人若い男性のバーテンダーが入り、店の中はちょうどいい具合にざわめいていた。小島孝は知らぬ間に勘定を済ませてしまったらしい。半分払う、とわたしが小さな声で言っても、いいよ、と如才ない様子で言いながら、やわらかく首を横に振るばかりだった。

わたしは小島孝と軽く腕を組むようなかたちで、地下から地上への階段をゆっくりとのぼっていった。

月が、空にかかっていた。

「月子の月だな」小島孝が空を見上げながら、言った。センセイならば、まず言いそうにないせりふである。センセイのことを突然に思い出して、驚いた。店の中にいるときには、センセイのことはあわあわと遠かった。小島孝がわたしの腰にかるくまわしている腕が、突然重く感じられた。

「けっこう丸い月だね」わたしはさりげなく小島孝から身を離しながら、答えた。

「けっこう丸い月だよ」小島孝は、離れるわたしを追おうとはしなかった。月を見ながら、小島孝もぼんやりとしている。店の中にいたときよりも、小島孝はふけて見えた。

「どうしたの」わたしが聞くと、小島孝は顔をこちらに向けた。

「どうしたのって」

「ちょっと疲れた？」

「歳《とし》だしなあ」小島孝は言った。

「そんなことないよ」

「そんなことあるさ」

「ないってば」

妙に、意地になってしまった。小島孝はくすくす笑いながら、わたしにお辞儀をした。

「失礼いたしました、そういえば俺も大町も同いどしだもんな」

「そうじゃなくて」

わたしはセンセイのことを思っていたのだ。センセイが自分のことを「歳だ」などと言ったことは、一度もない。気軽に「歳」をもてあそぶ年齢でもないし、質《たち》でもないのだろう。ここに、この道に立ってる今のわたしは、センセイから、遠かった。センセイとわたしの遠さがしみじみと身にせまってきた。生きてきた年月による遠さでもなく、因《よ》って立つ場所による遠さでもなく、しかし絶対的にそこにある遠さである。

小島孝はふたたび腕をわたしの腰にまわしてきた。腰、といっても、腰にぴったりまわすのではない。腰のまわりの空気のあたりにあてがう、とでも言えばいいのだろうか。絶妙なあてがい方ではある。振りはらえもしない、かといってそこにないふりもできない、いつの間に小島孝はこんな所作を身につけたのだろう。

腰をとられて、わたしは小島孝にあやつられる人形のような気分だった。小島孝は、道路をつっきって、暗い方へと歩いていく。わたしも連れられて、いく。前方に学校が見えた。門扉《もんぴ》は、ぴったりと閉じられている。夜の中、街灯に照らされて、学校は巨大だった。小島孝はそのまま土手への道をのぼってゆく。わたしも、共にのぼってゆく。

花見の宴は、果てていた。ひとっこひとり、見あたらない。猫の一匹も、いない。わたしたちが抜け出したときには、焼きとりの串《くし》や酒の空き瓶やイカのくんせいの袋などがたくさん散らばり、敷物の上には花見の人びとがぎっしりと座っていたのに、今では土手の上には何の気配もない。屑《くず》も空き缶もすっかり片づけられ、地面は竹ぼうきで掃いたようにすっきりとしていた。土手にあるごみ箱の中にも、花見の後のごみは捨てられていなかった。まるで、先ほどの花見は、まぼろしか蜃気楼《しんきろう》だったみたいだ。

「何も、ないね」わたしは言った。

「さすがだな」小島孝も言った。

「さすが？」

「先生って人種はさ、まったくもって公衆道徳を律儀《りちぎ》に守るもんだなあ」

　何年か前にも、小島孝はこの学期が始まる直前の先生たちの花見に来たのだという。そのときにはしまいまでいた小島孝が見たのは、花見の終了時に始まった、先生たちによる大々的な掃除だった。紙屑を拾い、かねて用意のポリ袋に入れる者。空き瓶をひとまとめにし、ちょうど花見が終わるころにやってきた学校出入りの酒屋のトラック（きっとその時間に来るようにあらかじめ頼んであったにちがいないよ、と小島孝は言った）の荷台に積む者。まだ酒の残っている瓶を、酒好きの先生たちに公平に配る者。でこぼこした土を校庭用のトンボでならす者。忘れ物をどんどん拾って箱の中に入れていく者。てきぱきと、訓練されつくした一隊のように、先生たちは働いた。直前までにぎやかに行われていた花見の痕跡《こんせき》は、十五分もたたないうちに、きれいさっぱりと消えた。

「俺おどろいてねえ、つったったまま、ただ眺めてた」

そうやって、今年も先生たちは花見の後をきれいさっぱり片づけたのだろうか。

小島孝とわたしは、一時間ほど前まではたくさんの人びとが花見をしていたはずの地面の上を、しばらく歩いた。月が、明るい。花が月に照らされて、しらじらと咲いている。小島孝は、片隅のベンチにわたしを連れていった。さきほどと同じように腰のあたりに微妙に手をまわしたまま。

「ちょっと、酔ったかな」小島孝は言った。頰が、赤い。花見のときも赤くて、今も同じように赤い。頰が赤いだけで、ものごしはちっとも酔っているように見えない。

「まだ寒いね」なんだか間《ま》が持てなくて、わたしは言った。こんなところでいったいわたしは何をしているんだろう。センセイはどこに行ってしまったのだろう。てきぱきとイカのくんせいの袋やら商店街の焼きとりの串やらを拾い、地面をきれいにならし、センセイは石野先生と一緒に、どこかに行ってしまったのだろうか。

「寒い？」小島孝は聞きながら、上着を脱いでわたしに着せかけた。

「そういう意味じゃなくて」とわたしは反射的に言った。

「そういう意味って、なに」小島孝は笑っている。動揺を、見すかされているのだ。決していやな見すかされ方ではなかったが。子供のかくしごとを親がみやぶってしまうような、そんな見すかされ方だった。

しばらく、わたしたちはもたれあった。小島孝の上着は、暖かかった。かすかなコロンの香りが、上着にしみこんでいた。小島孝が、ほほえんだ。わたしと小島孝は同じ方向を向いていたが、たしかに小島孝がほほえんだのが、わかった。

「笑った？」前を向いたまま、わたしは聞いた。

「だってさ、大町って、そのまんまなんだもの」

「そのまんま」

「高校生みてえ」

大町、固くなってるんだもん。小島孝は言った。そっと、言った。それから腕をわたしの肩にしっかりとまわし、わたしを抱き寄せた。そうなのかな、とわたしは思った。このまま小島孝に引き寄せられていくのかな、とわたしは思った。なんだか妙だな、と頭は思っている。しかし体はどんどん小島孝に寄せられていく。

「寒いから、もっと暖かいところにいこう」小島孝が、ささやいた。

「そうなのかな」わたしは、声に出して言ってみた。小島孝は、え、と聞き返した。

「そういうふうにすぐになっちゃうもんなのかな」

わたしの問いには答えずに、小島孝はひょいとベンチから立ち上がった。それからまだ座ったままのわたしの顎《あご》に手をかけ、わたしの顔を上向きにさせ、すばやくキスした。

あんまりすばやいキスだったので、わたしは逆らいそこねた。しまった、と強く思った。うかつだった。うかつだったが、いやでもない。いやでもないが、嬉《うれ》しくもない。嬉しくもないし、少し心ぼそい。

「そうなの？」ふたたびわたしは聞いた。

「そうなのよ」こんどは小島孝は、少しばかり自信ありげに答えた。しかしこの状況はやはりどうも不本意だとわたしは感じていた。小島孝は、立ったまま、もう一度顔を近づけてくる。

「やめようよ」わたしはできるだけ明晰《めいせき》に、言った。

「やめないよ」小島孝は、これも明晰に答えた。

「だって、わたしのこと、たいして好きでもないでしょ」

小島孝は、首を横に振った。

「俺さ、大町のこと、昔から好きだったよ。その証拠にデートにもさそったし。あんまりうまく行かなかったけど」真面目《まじめ》な表情である。

「ずっと、好きだったの」わたしが聞くと、小島孝は、かすかに笑った。

「まあ、そういうわけには、人生なかなかいかない」

小島孝は、ちょっと月を見上げた。ほんのわずかに、月は靄《もや》をまとっている。

センセイ、とわたしは思い、次に小島くん、と思った。

「今日はありがとう」小島孝の顎の線を見ながら、わたしは言った。

「え」

「いい夜だった」

小島孝の顎の下は、高校生だったあのころにくらべて、ずいぶんと厚くなっていた。ふりつもる年月。しかしその厚みは、決して嫌悪《けんお》すべきものではなかった。わたしは、その厚みを好んだ。同時にわたしはセンセイの顎の線を思い出していた。わたしや小島孝と同じ年齢だったころには、センセイの顎の下にも相応の厚みがあったにちがいない。しかしさらなる年月が、はんたいにセンセイの顎の下の厚みを削った。

小島孝は少し驚いたような顔でわたしを見ている。月が、明るい。靄をまとっていても、明るい。

「だめか」小島孝が、わざとらしいため息をつきながら、言った。

「だめみたい」

「しまったなあ、やっぱり俺、デートとか下手なんだなあ」そう言いながら、小島孝は笑った。わたしも一緒に、笑った。

「下手じゃないよ。ワインのくるくる、教えてもらったし」

「そういうのが、いかんのだよねえ、きっと」

小島孝が月の光に照らされている。わたしは小島孝をつくづくと眺めた。

「いい男？」見つめるわたしに向かって、小島孝は言った。

「いい男だわよ、ほんとに」わたしは力をこめて答えた。小島孝はわたしの手をひっぱりあげて立たせた。

「いい男なのに、だめ？」

「高校生だから、わたし」

高校生なんかじゃないくせに、と小島孝は言って、くちびるをとがらせた。そういう顔をすると、小島孝も高校生みたいに見えた。ワインのくるくるなどまったく知らない十代の若者に見えた。

小島孝と手をつないで、土手を歩いた。つないだ手が、暖かかった。月が、花を照らしている。センセイは今どこにいるのだろう。

「石野先生って、わたし、ちょっと苦手だった」歩きながら、小島孝に言った。

「そうか、俺、さっきも言ったけど、けっこう好きだったぜ」

「小島くんは、松本先生が苦手だったんでしょ」

「そうそう、頑固で融通がきかない感じだったじゃない」

少しずつ、わたしたちはほんとうに高校生に戻ったような気分になっていた。校庭が、月の光を浴びて、白っぽく見える。このままずっと土手を歩きつづけていたら、時間がするすると巻き戻るかもしれない。

土手のはずれまで歩き、引き返して土手のとば口に着き、それからさらにもう一往復した。その間わたしたちは、しっかりと手をつないでいた。言葉もほとんどかわさず、わたしたちは土手を何往復もした。

「帰ろうか」何回目になるだろう、土手のとば口まで戻ってきたときに、わたしは言った。小島孝はしばらく黙っていたが、やがてつないでいた手をすっと離した。

「帰ろうね」小島孝は、小さな声で答えた。

並んで、土手をおりた。もう夜半に近い。月は天のまうえにのぼっている。

「このまま、夜明まで歩きつづけるのかと思った」小島孝は、つぶやいた。わたしに向かって言ったのではない、空に向かってつぶやくような口調である。

「わたしも、なんかそんな気分だった」わたしが答えると、小島孝はじっとわたしを見つめた。

わたしたちはしばらく顔を見あわせていた。それから無言で道路を渡った。走ってきたタクシーを小島孝が停め、わたしを乗せた。

「送っていくと、またいろいろ考えちゃいそうだから」と小島孝は言って、ほほえんだ。

「そうだね」わたしが答えるのと同時に、タクシーは扉をばたんと閉め、発車した。後ろの窓越しに、わたしは小島孝の姿を追った。小さくなって、そのうちに、見えなくなった。

いろいろ考えちゃいそうになってもよかったような気もするな、とわたしはタクシーの後部座席で小さくつぶやいた。しかしそうなったら後になって困るだろうことも、よく知っていた。センセイは一人でサトルさんの店にいるだろうか。焼きとりを塩で食べているだろうか。それとも石野先生と一緒に、おでん屋かなにかにしっぽりと並んでいるんだろうか。

何もかもが遠かった。センセイも、小島孝も、月も、遠い場所にあった。タクシーの窓越しに流れる風景を、わたしはじっと眺めていた。タクシーは、夜の町を、びゅんびゅん飛ばしていく。センセイ、とわたしは声に出して言った。声はタクシーのエンジンの音にすぐにかき消された。通り過ぎる風景の中に、いくつもの桜が見えた。

若い、あるいは年を経た、何本もの桜が、夜の中で咲き満ちていた。センセイ、とわたしはもう一度言ったが、むろんその声はどこにも届かない。タクシーはわたしを乗せて、夜の町を走っていく。

ラッキーチャンス

花見の翌々日にサトルさんの店でセンセイに会ったが、ちょうどわたしが勘定を終えたところで、挨拶《あいさつ》だけをして別れた。

その翌週に駅前のたばこ屋でちょっと顔をあわせたが、このときはセンセイのほうが急いでいる様子だった。会釈《えしゃく》だけをして別れた。

そのまま五月になった。街路樹にも家のそばの雑木林にも、若緑色の葉がびっしりと繁《しげ》りはじめていた。半袖《そで》になっても暑いような日があるかと思えば、肌寒くてこたつがなつかしいような日もあった。サトルさんの店には何回か行ったが、センセイとはいつもすれ違いになっていたらしく、会うことはなかった。

「ツキコさん、先生とデートしなくていいんですかい」カウンター越しに、サトルさんが聞いたりする。

「デートなんかしたことないわよ」わたしが答えると、サトルさんは「へえ」と言った。へえ、などという声はあげてほしくなかった。とび魚の刺身をわたしは箸《はし》で所在なくつついた。サトルさんはとび魚をつつきちらすわたしの手もとを非難がましい目つきで見た。かわいそうなとび魚。でもわたしのせいではない。サトルさんが「へえ」などという声をあげるからいけないのだ。

しばらくわたしはとび魚をいじっていた。サトルさんは向こうの客からの注文のものをつくりにまな板の前に戻った。とび魚の頭がきりりと皿の上にある。きれいなめだまが見ひらかれている。えい、とわたしはいじりまわしたとび魚を箸でつかみ、しょうが醤油《じょうゆ》にひたした。ほんの少しくせのある風味の、よくひきしまった身である。

冷や酒をコップから飲んで、わたしは店の中をみまわした。黒板に今日の献立がチョークで書かれている。かつおのたたき。とび魚。新じゃが。そら豆。ゆで豚。センセイならばかつおとそら豆をまっさきに頼むにちがいない。

「先生といえば、この前は美人のご婦人を連れてらっしゃいましたね」わたしの隣の席の太った男性がサトルさんに向かって言った。サトルさんはまな板からほんのわずかに顔をあげたが、男性の言葉には答えず、店の奥をむいて「青の大皿一枚」と叫んだ。奥の流しのほうから青年があらわれた。

「あれ」とさきほどの太った男性が言うと、サトルさんは「新入りです」と紹介した。青年は頭を下げ「よろしく」と言った。

「このひと、旦那《だんな》にちょっと似てるね」男性が言うと、サトルさんは頷《うなず》いた。

「甥《おい》です」サトルさんが言うと、青年はもう一度頭を下げた。サトルさんは、青年が奥から持って出た大皿に刺身を盛りはじめた。太った男性はサトルさんの甥のうしろ姿をしばらく眺めていたが、やがて自分のつまみに専念しはじめた。

太った男性が出ていくと、すぐに他の客も勘定をはじめ、店の中は急に閑散とした。青年が水を使っている音が、奥から聞こえてくる。サトルさんは冷蔵庫から小さな容器を出し、中のものを二つの小皿にとりわけた。一つをわたしの目の前に置く。「女房《にょうぼう》がつくった菜《さい》です、よかったらどうぞ」言いながら、サトルさんはもう一つの皿から手でひょいと「女房のつくった菜」をつまんで口にほうりこんだ。「菜」はこんにゃくだった。サトルさんがつくるよりも濃い味に煮しめた、ぴりぴりとうがらしの利《き》いたこんにゃくである。おいしい、とわたしが言うと、サトルさんは真面目《まじめ》な顔で頷き、もう一つつまんで口に入れた。サトルさんは棚の上にあるラジオのスイッチをいれた。野球が終わり、ニュースが始まろうとしていた。車やデパートやインスタント茶漬けの宣伝がつぎつぎに流れた。

「センセイは、このごろよくお店に来ますか」わたしはできるだけ気のなさそうな声をつくりながらサトルさんに聞いた。

「そうですねえ」サトルさんはあいまいに頷いた。

「きれいなご婦人と一緒だったって言ってましたねえ、さっきのお客さん」こんどは、愉快な噂話《うわさ》をする常連客の一人、という声をわたしはつくった。はたしてそれが成功していたかどうかは知らないが。

「そうでしたかねえ、よく覚えてませんや」サトルさんは下を向いたまま答えた。

ふうん、とわたしはつぶやいた。ふうん、そうですか。

それからわたしもサトルさんも黙った。ラジオではA県で起こった連続無差別殺人事件についてのレポーターの見解が示されていた。

「どういうんですかねえ」サトルさんは言った。

「世も末ですね」わたしが答えると、サトルさんはしばらくラジオに耳を澄ませていたが、やがて、

「千年も前から人間は末世だっていいつづけていましたがね」と言った。

青年の低い笑い声が、奥から聞こえた。サトルさんの言葉に笑ったんだか、ぜんぜん関係ないことで笑ったんだか、青年はしばらくの間くつくつと笑っていた。お勘定お願いします、とわたしが言うと、サトルさんはえんぴつを使って紙に計算をした。

まいど、という声に送られてのれんをわけると、夜の風が頬にあたった。みぶるいしながら、わたしはがらり戸を閉めた。風に、湿った雨の匂《にお》いが混じっている。ぽつりと一粒が頭にあたった。わたしは急ぎ足で家に向かった。

何日か雨がつづいた。若葉は急に色を増し、窓から眺めると視界はまみどりだった。部屋の前に若い欅《けやき》が数本かたまって生えているのである。雨に打たれて、緑の葉がつやつやと光る。火曜日に小島孝から電話があった。

「映画でも見にいかない」と小島孝は言った。いいよ、と答えると、小島孝は電話の向こうでため息をついた。

「どうしたの」

「なんか緊張するよ。学生のころに戻ったみたいだ」小島孝は言った。

「はじめて女の子をデートに誘ったとき、おれさ、紙にフローチャートみたく会話の流れを書いといたんだぜ」

今日はフローチャート、書いた？　わたしが聞くと、小島孝は真面目な声で「いいや」と答えた。

「よっぽど書こうかと思ったけどさ」

日曜日に有楽町で待ち合わせることになった。小島孝はなかなか古典的な人間なのかもしれない。映画を見たあと、飯でも食おう。小島孝は言っていた。「飯」はきっと銀座の洋食屋にちがいない。昔からある、タンシチューやクリームコロッケのおいしい店。

小島孝に会う前に髪でも切ろうかと思って、わたしは土曜日の午後の町に出た。雨のせいかいつもより人出が少ない。傘をくるくるまわしながら、わたしは商店街を歩いた。この町に住んでもう何年になるのだろう。親もとを離れてからよその町に住んだこともあったが、鮭《さけ》が生まれた川に戻るように、いつの間にかこの町に、生まれ育った町に、戻ってきてしまった。

「ツキコさん」と呼ばれて振り向くと、センセイが立っていた。黒いゴム長にレインコートを着てベルトをきちっとしめている。

「おひさしぶりですね」

はあ、とわたしは答えた。おひさしぶりです。

「先般のお花見では、ツキコさんは先にお帰りになったんですね」

はあ、ともう一度わたしは言った。また戻ったんですけれどね。小さな声でつけくわえる。

「ワタクシはあのあと石野先生をお連れしてサトルさんの店にまいりました」

また戻った、というわたしの言葉は聞こえなかったようだ。そうですか。お連れしたんですね。それはようございました。わたしは憮然《ぶぜん》と答えた。どうしてセンセイと話をするときにわたしはすぐに憮然としたり憤慨したり妙に涙もろくなったりするのだろう。もともとわたしは感情をあらわにする方ではないのに。

「石野先生はなかなか人好きのする方ですね。サトルさんともすぐになじみました」

そりゃサトルさんは商売をする人だから、お客さんとはなじみもするでしょう。という言葉をわたしはのみこんだ。これではまるでわたしが石野先生に対して嫉妬《しっと》だのなんだのを感じているようではないか。そんなことはない。断じてない。

センセイはこうもり傘をまっすぐにたてて歩きはじめた。何も言わなくともわたしが後をついてくると信じきった足どりだ。わたしはしかしセンセイにつき従わず、その場につったっていた。センセイはしばらく振り向かずに一人で歩いていた。

「おや」ようやく気がついてこちらを向いたセンセイが、のんびりと言った。

「ツキコさん、どうしました」

どうもしません。わたし、これから美容院に行くんです。明日はデートだし。余計なことまで言ってしまう。

「デートって、男性と、ですか」センセイは興味深そうに聞いた。

「そうですよ」

「そうですか」

センセイはこちらに戻ってきた。わたしの顔をまじまじと眺める。

「どんな男性と会うんですか」

「誰だっていいじゃありませんか」

「それはまあそうです」

センセイはこうもり傘をななめにした。水滴が、傘の骨の上をつたって落ちてくる。

センセイの肩が少し濡《ぬ》れた。

「ツキコさん」センセイはわたしをじっと見つめながら、ひどく深刻な声で呼びかけた。

「な、なんですか」

「ツキコさん」センセイは繰り返した。

「はい」

「パチンコに行きましょう」

センセイの声はますます深刻さを増していた。今ですか。わたしが聞くと、センセイはおもおもしく頷いた。今すぐまいりましょう、今すぐに。パチンコに行かなければ世界がじきに崩壊してしまう、というような声だった。わたしは気圧《けお》されて、はあ、と答えた。はあ。では、今すぐ行きましょう、その、パチンコに。わたしはセンセイの後をついて、商店街の横道に入っていった。

パチンコ屋には古式ゆかしき軍艦マーチがかかっていた。ただし編曲はなかなか現代的である。ベースギターの音に柔らかな管楽器の音がかぶさる。センセイは勝手知ったる様子で列の間を縫っていった。ひとつの台の前に立ち止まり、とみこうみしては、次にうつる。店は混んでいた。雨の日も風の日も晴れの日も、きっと同じように混んでいるにちがいない。

「ツキコさん、お好きな台を選んでください」センセイは自分の座るべき台を決めたようだった。レインコートのポケットから財布をとりだし、中からカードを一枚引きだす。台の横にある機械にすうっとさしこみ、千円ぶんの玉を出し、カードを抜いて財布にしまった。

「ここにはよく、いらっしゃるんですか」わたしが聞くと、センセイは無言で頷いた。すっかり集中しているようだ。センセイは慎重にハンドルを調整した。玉が一つ打ち出され、それからつぎつぎに玉がのぼってゆく。

最初の玉が入った。皿に、いくつかの玉が流れでてきた。センセイはさらに慎重にハンドルをにぎりなおした。何回か玉は盤面の横っちょの方の穴に入り、そのたびに皿の玉がふえてゆく。

「センセイ、出ますね」とわたしが背後から声をかけると、センセイは盤面に目をすえたまま首を横に振った。

「まだまだです」

センセイがそう言ったとたんに、盤の中央にある穴に玉が入り、まん中に三つ並んでいる絵がくるくるとまわり始めた。盤の絵は、勝手にまわっている。背筋をぴんとのばし、センセイは冷静に玉を打ちつづけた。先ほどよりも玉は穴に入りにくくなっているみたいだった。

「入りませんね、なかなか」とわたしが言うと、センセイは頷いた。

「これが始まると、ワタクシも緊張するのでしょう」

盤の絵が、二枚同じ模様でそろった。最後の一枚だけがまだふらふらとまわりつづけている。ときおり止まりそうになり、かと思うと突然はやくまわりはじめたりする。

「三枚そろうと、いいことがあるんですか」わたしが聞くと、センセイはこんどはわたしへ振り返り、「ツキコさん、あなたパチンコしたことないんですか」と聞いた。

ないですよ。小学校のころ父に連れられて、玉を一個一個はじくあの昔ふうのパチンコをやったことはありますけど。あれは、わたし、結構上手だったんですよ。

わたしの言葉が終わったとたんに、三枚目の絵が止まった。三枚とも、同じ模様だった。

「132番のお客さま、ラッキーチャンススタートしましたぁ。おぉめでとうございまっす」という放送が店内に流れ、センセイの台が激しく点滅しはじめた。

センセイはもうわたしなど見向きもせず、いっしんに台に対している。センセイらしくなく、背中をこころもちまるめている。つぎつぎに玉が打ち出され、まん中の大きく開いたチューリップに吸いこまれる。そのたびに台の下の皿から玉がじゃらじゃらとこぼれ出た。店員が大きな四角のいれものを持ってきた。センセイは左手で下の台のレバーを開け、右手ではハンドルを握りしめた。微妙に角度をずらしつつ、一個でも多くチューリップに入れんと奮闘する。

四角い容器の中の玉がいっぱいになってきた。

「そろそろ終わるかな」センセイはつぶやいた。容器に玉がすれすれまで溜《た》まったころ、チューリップが閉じ、台は突然静かになった。センセイはふたたび背筋をのばし、ハンドルから手を放した。

「出ましたね」わたしが言うと、センセイは前を向いたまま頷いた。ふかぶかと、センセイはため息をついた。

「ツキコさんもやってみますか」センセイが振り返って言った。

「社会勉強になります」

社会勉強ときた。まったくもってセンセイである。わたしはセンセイの隣の台に座った。玉はご自分でお買いなさい。センセイが言うので、わたしはカードを買ってきておそるおそる機械に入れ、五百円ぶんの玉を出した。

センセイの真似《まね》をして背筋をのばし、真面目に打ったが、ぜんぜん入らない。五百円ぶんの玉はまたたく間になくなった。もう一回カードをとり出して玉を買った。こんどは、ハンドルをさまざまな角度にしてみる。センセイは隣でゆうゆうと打っている。まん中の絵はなかなかまわりはじめないが、着実に穴に入れてはじゃらじゃらと音をさせている。次の五百円ぶんもなくなって、わたしは打ちやめた。センセイの台の絵が、ふたたびまわり始めている。

「また揃《そろ》いますか」わたしが聞くと、センセイは首を横に振った。

「何百分の一ほどの確率でしょうから。まずだめですね」

言葉どおり、絵はばらばらなところで止まった。センセイはそれから十分ほど小さきざみに玉を増やしながら打ちつづけていたが、出る玉となくなる玉がとんとんになったのを見定めて、立ち上がった。容器いっぱいの玉をかるがると持ち、センセイはカウンターへと向かった。玉数を数えてもらってから、センセイは賞品の飾ってある一角へと歩いていった。

「お金に換えないんですか」わたしが聞くと、センセイはわたしの顔をじっと見すえた。

「ツキコさん、パチンコなさらないのによくご存知ですね」

はあ。耳年増《どしま》で。わたしが答えると、センセイは笑った。パチンコの賞品といえばチョコレート、とわたしは思いこんでいたが、電気釜《がま》からネクタイまで、じつにさまざまなものがある。センセイは一つ一つを熱心に見てまわった。結局センセイはカウンターで卓上掃除機の入ったダンボールを受けとった。残りの玉は、チョコレートに換えた。

チョコレート、あげましょう。店の前でセンセイは十枚以上ある板チョコをわたしに差しだした。センセイも何枚かどうぞ。わたしがばば抜きのトランプのようにチョコレートを広げると、センセイは三枚抜き出した。石野先生ともパチンコしたんですか。さりげなくわたしは聞いた。え？　とセンセイは言い、首をかしげた。ツキコさんこそ、あのときの男子とどこかに行ったんですか。センセイが聞き返した。え？　とこんどは私が首をかしげる。

センセイやりますね。パチンコ、上手ですね。わたしが言うと、センセイはすっぱいような表情になった。ギャンブルはいけませんね、いけませんがどうも愉快でね、パチンコは。そんなふうに言って、卓上掃除機の入ったダンボールを大事にかかえなおした。

センセイと並んで、商店街を戻った。

サトルさんの店でちょっと、飲んでいきますか。飲んでいきましょうか。明日、デートじゃないんですか。まぁいいです。そうですか。そうです。わたしたちはぼそぼそと言いあった。

まぁ、いいです、とわたしは心の中でくり返しながら、センセイによりそった。若葉は、もう若葉ではなく生い茂る緑になっている。一つの傘に入り、センセイとわたしはゆっくりと歩いた。センセイの腕がわたしの肩にときおり触れる。まっすぐに高くセンセイは傘をさしていた。

「サトルさんのお店、もう開いてますかね」わたしが聞くと、センセイは、

「開いてなかったら、もうちょっと歩きましょう」と答えた。

「歩きましょうか」わたしはセンセイの傘を眺めあげながら言った。

「歩きましょう」パチンコ屋に流れていたマーチのように決然とした調子でセンセイが答えた。

雨は小降りになってきている。しずくが一滴、わたしの頬にかかった。手の甲でぬぐうと、センセイが見とがめた。

「ツキコさん、ハンケチ持ってないんですか」

「持ってますけど、めんどくさい」

「まったくちかごろのお嬢さんは」

センセイの大またにあわせて、わたしも大またで歩いた。空があかるみ、鳥がさえずりはじめた。雨がやみかけていたが、センセイはしっかりと傘をさしていた。高く傘をさして、ことさらに落ちついた足どりで、センセイとわたしは商店街を歩いていった。

梅雨の雷

小島孝から旅行にさそわれた。

「うまい料理を食わせてくれる旅館があってね」と小島孝は言った。

「うまい料理」わたしがおうむ返しに尋ねると、小島孝は頷《うなず》いた。真面目《まじめ》な小学生のような表情である。この人は昔さぞ坊ちゃん刈りが似合っていたことだろうと、わたしは思った。

「今の季節だったら、そろそろ鮎《あゆ》がいいはずだよ」

ふうん、とわたしは答えた。気のきいた、料理のおいしい旅館。小島孝には、たしかにそういうものがぴったりとくる。

「梅雨に入る前に、ふらっと行ってみない？」

小島孝に会っているときに、いつもわたしは「大人」という言葉を思いうかべる。たとえば小学生のときの小島孝は、子供だったにちがいない。よく日に焼けた、脛《すね》のほそい子供。高校生のときの小島孝は、たけた少年。今にも青年になろうと、少年の皮を脱ぎ捨てようとしているところの。大学生のときの小島孝は、青年だったことだろう。青年という言葉がぴったりの青年。目にうかぶ。そして、三十代になる前後から、きっと小島孝は大人になった。たしかにそうにちがいない。

年齢と、それにあいふさわしい言動。小島孝の時間は均等に流れ、小島孝のからだも心も均等に成長した。

いっぽうのわたしは、たぶん、いまだにきちんとした「大人」になっていない。小学校のころ、わたしはずいぶんと大人だった。しかし中学、高校、と時間が進むにつれて、はんたいに大人でなくなっていった。さらに時間がたつと、すっかり子供じみた人間になってしまった。時間と仲よくできない質《たち》なのかもしれない。

「梅雨に入ってからじゃあ、どうしてだめなの」わたしは聞いた。

「だって、濡《ぬ》れるでしょ」小島孝は簡潔に答えた。

「傘させばいいじゃない」わたしが言うと、小島孝は笑った。

「あのねえ、僕はあなたに、旅行に行こう、二人きりで、ってさそってるの。わかってるのかなあ」じいっとわたしの顔をのぞきこむようにして言う。

「鮎ねえ」小島孝にさそわれていることは、むろん百も承知だ。小島孝といっしょに旅行に行くのも悪くない、という自分の気持ちもちゃんとわかっている。それなのにどうしてわたしは小島孝にむかって、はぐらかすようなことを言ってしまうのだろう。

「鮎は近くの川で採れるんだ。そしてこの土地の野菜がまたいいんだな」小島孝はゆっくりと言った。わたしがはぐらかしていることを知っているのに、ぜんぜん気にかけていないような、悠揚せまらざる態度だ。

もいだばかりのきゅうりを、軽くたたいて梅肉であえたもの。みずみずしい茄子《なす》をうすぎりにしていたため、しょうがじょうゆを添えたもの。糠《ぬか》づけにしたキャベツ。家庭でつくるようなものばかりだが、野菜の味の濃さが違うのだ、と小島孝は説明をつづけた。

「近くの畑でつくったものを収穫して、その日のうちに使うんだ。味噌《みそ》もしょうゆも、やっぱり近くの蔵のものなんだぜ。くいしんぼうの大町にはぴったりだろう」言いながら、小島孝は笑った。

小島孝の笑い声が、わたしは好きだ。行こうかな、と答えそうになった。しかし、答えなかった。鮎ねえ。野菜ねえ。あいまいに、わたしはつぶやいた。

「行く気になったら、おしえて。すぐに予約するから」おかわり、と頼みながら、小島孝はさりげなく言った。

わたしたちは「バーまえだ」のカウンターの席に座っているのだ。小島孝と、こうやって会うのは、もう五回めくらいである。小島孝は、小さな皿に盛られたひまわりの種をかりかりと噛《か》んだ。わたしも何粒かつまんで、かりかりと噛んだ。前田さんがフォアローゼズのソーダ割りを小島孝の前にそっと置いた。

いつも小島孝と「バーまえだ」にくると、この場所に自分がいるべきではないような気がする。しぼった音で流れるスタンダードジャズ。きれいにみがきあげられたカウンター。一点のくもりもないグラス。かすかなたばこの匂《にお》い。ほどよいざわめき。非のうちどころがない。それがわたしを居心地悪くさせる。

「おいしいね、ひまわり」わたしは言って、もうふた粒ひまわりの種をつまんだ。小島孝はゆうゆうとバーボンのソーダ割りを飲んでいる。わたしも、目の前のグラスの中身をほんの少し口にふくんだ。非のうちどころのないマティーニ。

ため息をつき、わたしはグラスを置いた。グラスはつめたく、その表面は、わずかにくもっていた。

「もうすぐ梅雨に入りますでしょうかね」とセンセイが言った。

サトルさんが、そうすね、と答える。サトルさんの甥《おい》だという青年も、頷く。青年はすっかり店になじんでいた。

センセイが青年のほうを向いて、「鮎を」と頼んだ。青年は「へいっ」と答え、奥にひっこんだ。じきに魚を焼く匂いがただよいはじめた。

「センセイ、鮎はお好きですか」わたしは聞いた。

「魚はおおかたのものが好きですね。海の魚も川の魚も」センセイは答えた。

「そうですか、鮎、お好きなんですか」

センセイはわたしの顔を眺めた。ツキコさん、鮎がどうかしましたか。そう言いながら、わたしを見つめた。

いいえ。べつに。わたしはあわてて答え、下を向いた。センセイはしばらくわたしを見ていた。首をかしげ、じっと見ていた。

青年が鮎をのせた皿を持って奥から出てきた。たで酢がそえてある。

「たで酢のみどり色は梅雨のころの空気と合いますね」センセイが鮎を見ながらつぶやいた。サトルさんが笑って、センセイ、詩みたいですぜ、と言った。詩ではありません、ただの感想です、とセンセイは答えた。鮎をていねいに箸《はし》でほぐして食べはじめる。センセイの食べ方は、いつも懇切ていねいだ。

「センセイ、そんなに鮎がお好きなら、温泉宿かなにかに鮎を食べに行ったりしないんですか」わたしが聞くと、センセイは眉《まゆ》を上げた。

「わざわざそのためには行きませんねえ」センセイは眉を元に戻しながら、答えた。

「どうしたんですツキコさん。今日はやはりどうも妙ですよ」

小島孝に旅行にさそわれたんです。わたしは今にも言いそうになった。しかしむろん言わなかった。センセイはちょうどいい速度で酒の杯を空けている。飲んでは少し休む。ふたたび、くい、と飲み、また休む。いっぽうのわたしは、いつもよりも速く杯を空けていた。注いでは飲み、飲んでは注ぐ。すでに三本めの銚子になっていた。

「ツキコさん、なにかありましたか」センセイが聞いた。わたしは反射的に首を横に振った。なにもありません。なにもありませんてば。あるはずないでしょう。

「なにもないのなら、そんなに強く否定しなくともいいでしょう」鮎はすでに骨だけになっている。センセイは繊細なその骨を箸で一回つついた。きれいに身の離れた骨である。鮎、おいしゅうございました。センセイはサトルさんにむかって言った。どうも、とサトルさんは答えた。わたしはいそいで杯をほした。センセイがとがめるような表情で、杯を持つわたしの手元を見ている。

今日は飲みすぎですよ、ツキコさん。センセイはそっと言った。

ほっといてください。わたしは答え、杯に酒を満たした。ひといきで満たした酒を飲み、するともう三本めの銚子が空になった。

「もう一本」わたしはサトルさんに頼んだ。酒、とサトルさんは奥にむかって短く叫んだ。ツキコさん、とセンセイはわたしをのぞきこむようにして言ったが、わたしは顔をそらした。

「頼んでしまったものはしょうがないが、全部は飲まないようにしなさい」センセイは珍しく強めの口調で言った。言いながら、わたしの肩をぽんぽんと叩《たた》いた。

はい、とわたしは小さく答えた。急に酒がききはじめていた。センセイ、もっと叩いてください。わたしはまわりにくくなった口で言った。ツキコさん、今日はだだっ子ですね。センセイは笑い、もう何回か肩を軽く叩いた。

だだっ子ですから、わたし。もともと。そう言いながら、わたしはセンセイの皿の上にのっている鮎の骨をさわった。やわらかく骨はたわんだ。センセイはわたしの肩から手をはずし、ゆっくりと杯を口に運んだ。わたしは一瞬センセイにもたれかかった。それからすぐに離れた。センセイは、わたしがもたれかかったのに気がついたんだか気がつかなかったんだか、黙って杯を口に運んでいた。

気がつくと、センセイの家にいた。

わたしは畳の上に、じかに横になっていたらしい。目の上のほうにちゃぶ台があり、まっすぐ前方にはセンセイの足が見える。あ、と言いながらわたしは起き上がった。

「起きましたか」センセイは言った。雨戸も戸も開いていた。夜の空気が部屋の中に流れこんできている。少し寒い。空に、ぼんやりと月が見える。ずいぶんと濃い暈《かさ》のかかった月だ。

「寝てましたか」わたしは訊《たず》ねた。

「寝ていました」センセイは笑った。

「よくよくおやすみでしたよ」

時計を、わたしは見た。夜の十二時を少しまわったところだった。

「そんなに寝てないじゃないですか。一時間くらいです」

「よその家で一時間も眠れば、もうじゅうぶんです」センセイはさらに笑った。センセイの顔がいつもよりも赤い。わたしが眠っていた間じゅう、飲んでいたのだろうか。

なぜわたしはここにいるんですか。そう聞くと、センセイは目をまるくした。

覚えてないんですか。自分で行きたい行きたいと騒いだじゃありませんか。

そうでしたか、とわたしは言い、ふたたび畳に横たわった。頰に畳の目がついている。髪が畳の上にもつれて広がっている。流れてゆく夜の雲を、わたしは横たわったまま眺めた。小島孝とは旅行に行きたくない。わたしははっきりと思った。畳の目を頰にくっきりとつけたまま、小島孝と会っているときのかすかな違和感、しかし消しようのない違和感を、思った。

「畳の跡がここに」わたしは寝そべったままセンセイに言った。

「どこです」センセイは聞き、ちゃぶ台をまわってわたしの側《そば》にきた。

「ああ、くっきりとしていますねえ、まことに」センセイは言い、軽くわたしの頰に触れた。センセイの指が冷たい。いつもよりセンセイが大きく見えた。下から眺めあげているせいかもしれない。

「ツキコさんの頰があたたかい」

そのままセンセイはわたしの頰に触れていた。雲の流れが速い。月はあるときはすっかり雲に隠され、次の瞬間にはまた一部があらわれいでる。

酔っぱらってるから、熱いんですよ。わたしは答えた。センセイの体がかすかに揺れている。センセイも、酔っているのだろうか。

「センセイ、いっしょにどこかに行きませんか」わたしは聞いた。

「行くって、どこにですか」

「鮎のおいしい宿とか」

「鮎はサトルさんの店でじゅうぶんです」センセイはわたしの頰から指を離した。

「それじゃ、山奥の温泉とか」

「山奥まで行かなくとも、そこの角の鶴《つる》の湯でじゅうぶんです」センセイはわたしの横に正座した。もう体は揺れていない。いつものように、背筋をぴんとのばしている。「どこかに、二人だけで行きましょう」わたしは起き上がった。センセイの目をじっと見ながら、言った。

「どこにも、行きません」センセイはわたしの目をまっすぐに見返しながら答えた。

「いやだ、センセイと二人で行きたい」

わたしは酔っているのだろうか？　自分が口ばしっていることが、はんぶんくらいしかわかっていなかった。ほんとうは全部わかっているのだが、頭が、自分の言葉をはんぶんくらいしか承知していないふりをしていた。

「ツキコさんと二人して、いったいどこに行けるというんですか」

「どこにでも行けます、センセイとなら」わたしは叫んだ。

夜の雲が、速い。風が、強くなってきている。空気が湿りけをおびて、重い。

「落ちつきなさい、ツキコさん」センセイが軽い調子で言った。

「じゅうぶん落ちついてます」

「もう家に帰って寝なさい」

「家になんか帰りません」

「ききわけのないことを言うんじゃありません」
「ききわけなんかぜんぜんないです。だってわたしセンセイが好きなんだもの」
言ったとたんに、腹のあたりがかあっと熱くなった。次の朝に笑ってあ
失敗した。大人は、人を困惑させる言葉を口にしてはいけない。
いさつしあえなくなるような言葉を、平気で口に出してはいけない。
しかしもう言ってしまった。なぜならば、わたしは大人ではないのだから。小島孝
のようには、一生なれない。センセイが好きなんだもん。わたしはだめ押しのように
もう一回くり返した。センセイはあきれた顔でわたしをじっと見ている。

遠いところで雷が鳴った。しばらくすると、光が雲間にまたたいた。いなびかりだ
ろうか。数秒後にふたたび雷鳴がきこえる。
「ツキコさんが妙なことを言うから、妙な空になってしまいました」センセイは縁側
から身をのりだしながら、つぶやいた。
妙なことじゃないもの。わたしは言い返した。センセイが苦笑する。
「これから、少し、荒れますね」雨戸を、センセイは大きな音をさせてたてた。滑り
が悪い。戸も閉めた。いなびかりがさかんにまたたいている。雷鳴も、近づいてきた。

センセイ怖い。わたしは言って、センセイの側に寄った。

「怖くなんかありません。ただの放電現象です」寄ってきたわたしを避けるようにしながら、センセイは落ちつきはらって答えた。わたしはさらにセンセイににじり寄った。実際のところ、わたしは雷が苦手だったのだ。

センセイとどうにかなろうなんて考えてるんじゃありません、ただ、その、怖いだけです。わたしは歯をくいしばって言った。すでに雷はかなり激しくなっていた。ぴかりと光った、そのいっしゅん後に雷鳴がとどろく。雨も降りはじめた。雨戸に横なぐりの雨があたる音が大きい。

「ツキコさん」センセイがわたしをのぞきこんだ。わたしは耳を両手でおさえ、固い棒のようになってセンセイの側に座っていたのだ。

「本気で怖がってるんですね」

わたしは無言でうなずいた。センセイは真面目《まじめ》くさった顔でわたしをじっと見つめ、それから笑いだした。

「へんなお嬢さんですね、あなたは」愉快そうに、センセイは笑う。

もっと側に来なさい。抱っこしてあげましょう。センセイはわたしを引き寄せた。酒の匂いがする。センセイの胸もとから、日本酒の甘やかな匂いがたちのぼってくる。

センセイは正座した自分の膝《ひざ》の上にわたしの上半身をのせ、ぎゅっと抱きしめた。

センセイ、とわたしは言った。ため息のような声で。

ツキコさん、とセンセイは答えた。非常に明晰《めいせき》な、センセイじみた声で。子供は妙なこと考えるんじゃありませんよ。雷を怖がるような人間は、ただの子供ですからね。

センセイは大きな声で笑った。とどろきわたる雷に、センセイの笑い声が重なった。

センセイ、わたしほんとにセンセイが好きなんですってば。センセイの膝の上で言ったが、雷の音とセンセイの笑い声にかき消されて、ぜんぜん届かない。

雷は、ますます激しくなる。雨は叩きつけるように降る。センセイは笑っている。わたしは途方にくれながらセンセイの膝に半身をあずけている。小島孝が今ここにいたら、なんと言うだろうか。

なんだかすべてが馬鹿《ばか》げていた。自分がセンセイに向かって「好きなんだもの」と叫んだことも、センセイがわたしの叫びに答えてくれずいやに落ちつきはらっていることも、突然鳴り出した雷も、雨戸をたてられてますます重くなった部屋の湿りけも、すべてが夢の中のことのようだった。

センセイ、これ、夢ですか。わたしは聞いた。

夢でしょうかねえ。そうかもしれませんねえ。センセイは愉快そうに答えた。

夢なら、いつ覚めるんでしょう。

さあねえ。わかりませんねえ。

覚めないでほしいな。

でも夢ならばいつか覚めましょう。

雷鳴がいなびかりの直後にどんと響きわたり、わたしは体を硬直させた。センセイがわたしの背中を撫《な》でる。

覚めないで、とわたしはもう一度言った。

それもいいですね。センセイは答えた。

雨が激しく屋根を叩く。わたしはセンセイの膝の上で、体を固くしている。センセイは静かにわたしの背中を撫でている。

島へ

その1

それで、けっきょく、ここにこうしている。

部屋の隅にはセンセイの鞄《かばん》が置いてある。いつもの、鞄である。

「荷物、ぜんぶこの鞄に入るんですか」ここに来るまでの列車の中で、わたしは聞いたりした。センセイは頷《うなず》いた。

「二日ぶんくらいの着替えならば、じゅうぶんです、この鞄で」

はあ、とわたしは言った。センセイは電車の揺れに身をまかせながら、膝《ひざ》の上の鞄に軽く手をそえていた。センセイも鞄も、揺れにあわせてこきざみに前後した。

二人で列車に乗り、二人で連絡船に乗り、二人で島の坂をのぼり、二人でこの小さな民宿に来たのである。

あの夜に、梅雨入りのかみなりが鳴った夜に、わたしがあんまり請《こ》うたために、センセイは根負けして旅行にいくことを決めたのだったろうか。それとも、かみなりが去ってしまったそのちに、センセイがていねいに敷いてくれた客用の布団《ふとん》にわたしが一人でしんと横たわっている隣の部屋で、やはりしんと横たわっていただろうセンセイの、心もちがふいと変わって、旅行にいくことを決めたのだったろうか。それとも、理由もきっかけもなく、旅行にいこうという気分が突如としてセンセイの中にきざしたのだったろうか。

「ツキコさん、次の土曜日曜と、島にいきませんか」まえぶれもなく、センセイは言ったのだった。サトルさんの店からの帰り道だった。降りつづく雨で道は濡《ぬ》れていた。いくつもの水たまりが電灯の光をうけて、夜の中、白く浮かんでいるように見えた。センセイの足は水たまりをよけることなく、着実に進んでゆく。わたしはいちいち水たまりをよけるので、あっちにふらりこっちにふらりとかたむく。センセイのようには、はかばかしく進まない。

「え」とわたしは聞き返した。

「どこかに遊山《ゆさん》に行こうとツキコさんも先夜言ってらしたではありませんか」

「ゆさん」わたしはばかみたいな調子でセンセイの言葉をくりかえした。

「以前にはちょくちょく行った島なのですが」

以前にはしばしばセンセイはその島を訪れたのだという。ちょっとした理由があって、とセンセイはつぶやいた。理由って、なんですか。わたしは聞いた。しかしセンセイは答えなかった。かわりに、足をはやめた。

「ツキコさんがお忙しいのならば、ワタクシ一人で行ってまいります」

「行きます行きます」わたしはあわてて答えた。

それで、こうしてここにいる。

センセイが以前は「ちょくちょく」訪れたらしい島に。島の小さな民宿に。センセイはいつもの鞄を持って。わたしはこのために買ったまあたらしい旅行用の鞄を持って。二人で。共に。ただし部屋はべつべつに。断固としたセンセイの提言により、わたしは海の見える部屋に、センセイは島の内側をかたちづくる丘陵に面した部屋に。

自分の荷物を、わりふられた海側の部屋の床の間に置くやいなや、わたしはセンセイの部屋をノックした。とんとん。とんとん。おかあさんですよ。子山羊《やぎ》たちや、扉をお開けなさい。狼《おおかみ》なんかじゃありませんよ。ほらまえあしもこんなに白いでしょう。

センセイはわたしのまえあしを確かめることもせずに、かんたんに扉を開けた。

「お茶でも飲みましょうかね」扉を開けながら、センセイはにっこりとした。わたしもにっこりとした。

センセイの部屋はわたしの部屋よりもほんの少し狭く感じられた。同じ六畳間なのだが、窓が山に向かっているせいかもしれない。

「わたしの部屋にいらっしゃいませんか、気持ちいいですよ、海が見えて」と言うと、センセイは首を横にふった。

「ご婦人のお部屋に男がずかずかと踏みいってはいけません」

はあ、とわたしは答えた。ずかずか踏みいってもいいんです。そうつづけようとしたが、センセイが笑ってくれないと困るので、やめた。

センセイがどんなつもりでわたしを旅行にさそったのか、見当もつかなかった。旅行に同行することを承知したときにもセンセイは表情を動かさなかったし、電車の中でもセンセイはいつものセンセイと変わりなかった。今ここでお茶をすすっていても、センセイはサトルさんの店でカウンターがいっぱいなときに小上がりで向かい合って飲んでいるときと、同じような様子である。

それでも、こうしてここに、二人でいる。

「お茶、もう一杯いかがですか」わたしはいそいそと言った。

「お願いしましょうかね」センセイが答え、わたしはいそいそにさらに輪をかけたいそいそぶりで急須《きゅうす》に湯をみたした。かもめの鳴き声が、山のほうから聞こえてくる。かもめの声は、さわがしくて乱暴な感じがする。夕凪《ゆうなぎ》のこの時刻、島じゅうに、かもめが飛びかっているようだった。

「ぐるりと一周」

そう言いながらセンセイは宿の玄関で靴をはいた。宿の名前をマジックでしるしてあるサンダルをわたしがはこうとすると、センセイは止めた。

「坂やでこぼこが存外多いのです、この島は」そう言いながら、下駄《げた》箱にちんと置いてあるわたしの靴をさししめした。ほんの少しばかりかかとの高い靴である。これをはくと、わたしの頭のてっぺんはセンセイの目の位置に届く。

「でもわたしのこの靴、坂道向きじゃないんです」答えると、センセイはわずかに顔をしかめた。この世の誰も気づかないくらいに、わずかに。しかしわたしは今や、センセイのどんな表情の変化も見逃さないのだ。

「センセイ、そんな顔しないでください」

「どんな顔ですか」

「困ったもんを見る顔」

「べつに困ったものではありませんよ、ツキコさんは」

「困ったもんです」

「そんなことはありません」

「いいえ、誰がなんと言っても、困ったもんですわたしは」

意味のわからない押し問答になってくる。わたしは宿のサンダルをつっかけて、センセイのあとに続いた。センセイは手ぶらで、チョッキをつけた背をぴんとのばして、ゆっくりと歩いてゆく。

凪の時刻はおわり、かすかに風が吹きはじめていた。入道雲が沖の水平線の上にかかっている。海に落ちてゆこうとする太陽が、入道雲ぜんたいをうすあかく染めていた。

「この島、一周するのにどのくらいかかりますか」坂道に息を切らせながら、わたしは聞いた。センセイはいつかのサトルさんたちとのキノコ狩のときと同じく、いささかも息を乱さない。ゆうゆうと、島の丘への急坂をのぼってゆく。

「はやあしで、一時間くらいなものですよ」

「はやあし」

「ツキコさんの足なら、三時間くらいはかかるかもしれない」

「三時間」

「もっと運動しなければいけませんね、ツキコさんは」

センセイはどんどんのぼっていってしまう。わたしはセンセイの歩調にあわせることをあきらめ、坂の途中に立ちどまって海を眺めた。夕日が、海に近づいてゆく。入道雲に照りはえる朱の色が、濃くなる。ここはどこだろう。海にかこまれた、見知らぬ漁村の、丘の途中で、いったいわたしは何をしているんだろう。先に立つセンセイの背中が遠ざかってゆく。センセイの背中が、なんだかよそよそしく感じられた。二人でこうして旅に出たのに——たとえその「旅」がたったの二日間であったとしても——、あそこにどんどん行ってしまう人物が、センセイが、見知らぬ人のように思えてくる。

「ツキコさん、安心なさい」センセイがふりむいた。

え、とわたしが坂の下から声をたてると、センセイは小さく手をふった。

「この坂道をのぼって、あとちょっとですから」

そんなにこの島、小さいんですか。この坂道をのぼれば一周することになるんですか。わたしが聞き返すと、センセイはふたたび手をふった。

「ツキコさん、もう少し頭をお使いなさい。そんなはずがあるわけないでしょう」

「だって」

「ツキコさんのような運動不足の人を連れて、おまけにそんなサンダルで、一周なんかできませんでしょう」

あくまでサンダルにこだわるセンセイである。早くいらっしゃい、そんなところでぼんやりしていないで。センセイにせかされて、わたしは頭をそびやかした。

「それじゃ、いったいどこに行くっていうんですか」

「ぶつぶつ言ってないで、ともかく、いらっしゃい」

センセイはぐんぐん坂をのぼった。坂の終わりはさらに急になっており、丘をぐるりとめぐっている。センセイの姿が見えなくなってしまった。わたしはあわててサンダルを深くひっかけなおし、後を追った。センセイ、待ってください。行きますから。今行きますから。そう言いながら、後を追った。

坂をのぼりきると、そこはもう丘の頂上だった。頂上はひろびろと開けている。坂からつづく道沿いには、丈高い木々がしげっていた。何軒かの家屋が木のねもとにかたまって、集落をつくっている。きゅうりやトマトの栽培されている小さな畑が、どの家のまわりにもある。畑の横の鶏小屋の粗い金網越しに、コッコッコッというのどかな鳴き声がきこえてくる。

集落を抜けると、小さな沼があった。夕暮れどきであたりが暗くなってきているせいだろうか、沼は深緑色に沈んでいる。センセイは沼の横に立って、わたしを待っていた。

「ツキコさん、こちらです、こちら」夕日の逆光線を受けて、センセイの顔も体も、くろぐろとして見える。センセイの表情がぜんぜんわからない。サンダルをはいた足をひきずるようにして、わたしはセンセイの横まで歩いた。

沼の面をホテイアオイやら浮草やらがおおっている。あめんぼが、何匹もすいすいと泳いでいる。センセイと並ぶと、センセイの顔が見えるようになった。沼の面のような、静かな表情である。

「まいりましょうか」言いながら、センセイは踏み出した。小さな沼である。道は沼をぐるりとまわり、こんどは少し下ってゆく。丈の高い木のかわりに、道沿いには灌《かん》木《ぼく》が増えてきた。そのまま道は細まり、舗装がまだらになってきた。

「着きました」舗装がすっかりなくなり、土がむきだしになっている。土の道を、センセイはゆっくりと辿《たど》った。わたしもサンダルをぱたぱた鳴らして、センセイに従った。

小さな墓地が、目の前に開けていた。

入り口に近い墓石のまわりは、こざっぱりと掃除が行き届いているが、奥のほうにある紡錘形《ぼうすいけい》の墓石や苔《こけ》むした古めかしい形の墓のあるあたりは、雑草におおわれている。センセイは膝くらいまで届く雑草を踏みしだいて、墓地の奥へと進んだ。

「センセイ、どこまでいらっしゃるんですか」わたしは呼びかけた。センセイはふりむき、ほほえんだ。ひどく優しいほほえみ。

「すぐそこですよ。ほら、ここです」言いながらセンセイは、小さな墓石の前にしゃがんだ。まわりの古い墓石ほどは苔むしていないが、その小さな墓も、湿った苔におおわれかけていた。墓石の前には欠けた茶碗《ちゃわん》が置いてあり、水がはんぶんほど入っていた。雨が降りこんだものかもしれない。虻《あぶ》がぶうんと音をたてて、センセイとわたしの頭のまわりを飛びまわっている。

センセイはしゃがんだまま合掌した。目をつむり、じっと拝んでいる。虻がわたしとセンセイに交互にとまる。わたしはそのたびに「しっ」と追い払ったが、センセイは気にかける様子もなく、拝みつづける。

やがてセンセイはあわせていた掌《てのひら》を解き、立ち上がった。わたしを見つめる。

「親戚《しんせき》の方のお墓ですか」わたしは聞いた。

「親戚というんでしょうかね」センセイはあいまいに答えた。

虻が、センセイの頭のてっぺんにとまった。このたびはセンセイは気にかけて頭を大きく振った。驚いたように、虻が飛びすさる。

「妻の、墓です」

え、とわたしは声をのんだ。センセイはふたたびほほえんだ。ひどく優しいほほえみ。

「この島で、死んだらしいのですよ」

センセイのところから出奔して、流れてきた先が、この島への連絡船の出る港のある村だったのだと、センセイはたんたんとした口調で説明した。出奔したときに一緒だったらしい男とはじきに別れ、何人目になるのか、最後に一緒に過ごすことになった男と、センセイの妻は岬の先にある村に住みついた。村から間近に見える沖のこの島へはいつ来たものだったか。やがてセンセイの妻は最後の男と共に島に渡り、ある日めったに島では通らない車にひかれて、亡《な》くなった。

「なかなかに、奔放な人生でしたな」センセイは真面目《まじめ》な顔で「妻」の来し方についての話を結んだ。

「なるほど」

「それに、珍奇な人生でもあります」

「なるほど」

「なにもこんなにのんびりとした島で車にはねられなくとも」

しみじみとセンセイは言い、それから少し笑った。わたしは墓に向かって軽く合掌し、それからセンセイを見上げた。センセイは笑いながらわたしを見下ろしている。

「ツキコさんと、一緒に来ようと思ったのです」センセイは静かに言った。

「一緒に」

「ええ、しばらく来ませんでしたから」

かもめがざわざわと鳴き声をあげて、墓地の上を何羽も連なり飛んでいった。なぜわたしを連れて来ようと思ったんですか。その言葉をわたしが口にしようとすると、かもめがやたらにざわざわとする。かもめの鳴き声にかき消されて、センセイに声が届かない。

「不思議な奴《やつ》でしたよ」センセイは上空のかもめを眺めながらつぶやいた。

「ワタクシは、今でもやはり妻のことが気になるんでしょうかね」

今でも、という言葉が、かもめの鳴き声を縫ってわたしに届く。今でも。今でも。そんなことを言うためにこんなさびれた島まで連れて来たんですか。わたしは頭の中で叫んだ。しかしそれも、声にはならない。わたしはセンセイを凝視した。センセイはふわふわと笑っている。何をこのひとは呑気《のんき》そうに笑っているんだか。

「宿に帰ります」わたしはようやくのことで言い、センセイに背を向けた。ツキコさん、とセンセイがうしろから声をかけてくれたような気がしたが、そら耳かもしれない。小走りにわたしは墓地から沼への道をたどり、集落を抜け、坂を下った。何回か振り返ったが、センセイはついてこない。ツキコさん、というセンセイの声がもう一度聞こえたような気がした。センセイ、とわたしも呼び返した。かもめがうるさい。しばらく待ってみたが、もうセンセイの声は聞こえなかった。わたしに追いついてくる様子もない。墓地で、一人で拝んでいるのだろうか。一人でしみじみと。今も気になる妻に向かって。死んだ妻に向かって。

くそじじい。わたしは胸の中で言い、それから口に出して「くそじじい」と繰り返した。くそじじいはきっと元気に島を一周でもしているんだろう。センセイのことなんか忘れて宿の小さな露天風呂《ぶろ》にでも入ろう。せっかく島に来たんだから。センセイがいようがいまいが、わたしは旅行を楽しむんだから。今までだってずっと一人だったんだから。一人で酒を飲み一人で酔っぱらい一人で愉《たの》しんできたんだから。

坂道を、わたしは決然と下りていった。夕日が今にも海に沈もうとしている。サンダルがやたらにぱたぱたと鳴ってうっとうしい。島じゅうに満ちているかもめの鳴き声がうるさい。この旅行のために新しくおろしたワンピースのウエストがきつい。ぶかぶかしたサンダルにあたって足の甲が痛い。海辺にもこの道にも人っこひとり見えなくてさみしい。くそセンセイがわたしを追ってこなくていまいましい。

どうせわたしの人生なんて、こんなものだ。知らない島で、知っているようで実はよく知らないセンセイとはぐれて、知らない道を一人とぼとぼ歩いてゆく。こうなったら酒でも飲んでやろう。島の名物は蛸《たこ》とあわびと大海老《えび》だと聞いている。山ほどあわびを食ってやろう。センセイが誘ったんだから払いはセンセイにまわそう。二日酔いで歩けないわたしをセンセイに背負わせてやろう。センセイと何がしかの時間を過ごせるかもしれないといっしゅんでも思ったことなどきれいさっぱり忘れてやろう。

宿の軒下に明かりが灯《とも》っている。大きなかもめが二羽、宿の屋根にとまっていた。からだをまるめて、守り神のように瓦《かわら》の端にじっとしている。すっかり日は暮れて、かもめの鳴き声もいつの間にかやんでいた。ただいま、と声をかけてわたしは宿の玄関の扉をがらがら開けた。おかえりなさーい、という明るい声が奥から聞こえてきた。飯の炊《た》ける匂《にお》いがただよってくる。宿の中から見ると、もう外はまっくらだった。

センセイ、暗いよ。わたしはつぶやいた。センセイ、もう暗いから、帰ってきてよ。奥さんが今も気になっているのでもなんでもかまわないから、早く帰ってきて一緒にお酒飲もうよ。さきほどの怒りはすっかり忘れて、わたしはつぶやいていた。茶飲み友達ならぬ酒飲み友達でいいから。それ以上望まないから。早く帰ってきて。外の夜に向かって、わたしは何回でもつぶやいた。センセイの姿が、宿の外の坂道の暗闇《くらやみ》にぼうっと浮かんでいるように見える。しかし浮かんでいるように見えた影は何の影でもなく、よく見ればただの闇だった。センセイ、早く帰ってきて。いつまでも、わたしはつぶやきつづけた。

島へ

その2

「蛸《たこ》が、ほら、浮かんできますよツキコさん」とセンセイが指さすので、わたしはこくりと頷《うなず》いた。

蛸しゃぶ、というのだろうか。薄く透けるようにそいだ蛸を、たぎった鍋《なべ》の湯にひらりと落とし、浮いてきたところをすかさず箸《はし》にとる。ポン酢につけて食べると、蛸の甘みと柑橘《かんきつ》類の香りが口の中でとけあって、これはまた玄妙な味わいである。

「湯に入れると、蛸の透き通った身がこう、白くなってきますねえ」センセイはサトルさんの店でわたしと並んで酒を飲んでいるときと変わらぬ調子で喋《しゃべ》っている。

「白いです。ええ」いっぽうのわたしは、なんとも不安定だ。笑うべきなのか黙りこくるべきなのか、自分でもどうしたらいいのかわからない。

「その直前に、ほんのわずかばかり、桃色に染まる瞬間が、ありませんか」

「はい」

小さく、わたしは答えた。センセイは笑いをふくんだ表情でわたしを見てから、鍋の蛸を三切れいっぺんにつまんだ。

「いやに神妙ですね、ツキコさん」

センセイは、ずいぶんたってから、ようやく坂を下ってきた。かもめの声はすっかり静まり、闇《やみ》は濃くなっていた。ずいぶん、と言ったが、ほんの五分ほどだったかもしれない。わたしは宿の玄関前に佇《たたず》んでセンセイを待っていた。センセイはかすかな靴音をたて、闇の中を迷うこともなく帰ってきた。「センセイ」と声をかけると、「あツキコさん、ただいま」とセンセイは答えた。「おかえりなさい」とわたしは言い、センセイと肩を並べて宿に入った。

「立派なあわびです」蛸しゃぶの鍋の火を落としながら、センセイは感嘆した。中皿にあわびの殻が四つ並べてあり、殻の中には刺身にしたあわびがざくざくと盛ってある。

「ツキコさん、たくさんめしあがれ」

わさびを少しつけて、センセイはあわびを醬油《しょうゆ》にひたした。ゆっくりと嚙《か》む。嚙んでいる口もとが、歳《とし》のいった人のものである。わたしもあわびを嚙んだ。おそらくわたしの口もとは、まだ若い者のそれだろう。わたしの口もとも、歳のいった人のようになればいいのに。その瞬間強く思った。

蛸しゃぶ。あわび。みる貝。こち。茹《ゆで》しゃこ。大海老《えび》フライ。次々に供された。センセイはこちのあたりから、箸の進みが遅くなってきている。酒の盃《さかずき》をわずかに傾けては、少しずつ飲んでいる。わたしは出てくるものをやつぎばやに食べ、口数すくなく盃をかさねた。

「おいしいですかツキコさん」

食欲のある孫をいとしむような様子で、センセイは言った。

「おいしいです」

ぶっきらぼうにわたしは答え、それからもう一度、

「おいしいです」と、さきほどよりも感情をこめて、答えた。

野菜の煮物とお新香が出てくるころには、わたしもセンセイもすっかり腹がくちくなっていた。ご飯は断って、味噌汁《みそしる》だけにしてもらった。魚のだしのよくきいた味噌汁を肴《さかな》に、残った酒を二人でゆっくりと飲みほした。

「さてそろそろ行きますか」センセイは部屋の鍵《かぎ》を持って立ち上がった。わたしもつづいて立ったが、思ったよりも酒がまわっているらしく、足もとがおぼつかなかった。歩きだそうとしてよろけ、前のめりに畳に手をついてしまった。

「おやおや」とセンセイが上から眺めている。

「おやおやなんて言ってないで、手を貸してくださいよっ」わたしが小さく叫ぶと、

センセイは笑った。

「ようやくツキコさんらしくなりましたね」そんなことを言いながら、手をさしのべる。

手を引かれて、階段をのぼった。廊下の途中にあるセンセイの部屋の前で、わたしたちは立ちどまった。センセイは鍵穴に鍵をさしこんだ。かちり、と音がする。センセイの背を見ながら、わたしはゆらゆらと廊下に立っていた。

「ツキコさん、ここの宿の湯はなかなかのものらしいですよ」センセイは振り返って言った。はあ、とわたしはうわのそらのような声で答え、ゆらゆらしつづけた。

「しばらくして落ちついたら、お湯に入ってらっしゃい」

はあ。

「そして、少し酔いをさましなさい」

はあ。

「湯からあがってもまだ夜が長いようでしたら、ワタクシの部屋にいらっしゃい」

はあ、とわたしは答えなかった。かわりに、え、と目を丸くした。え、それ、どういう意味ですか。

「意味というほどのものはありません」そう答え、センセイは扉の向こうに消えた。

扉はわたしの目の前で閉ざされ、わたしは廊下に残ってまだ少しばかりゆらゆらしている。酔いにかすんだ頭の中で、わたしはセンセイの言葉を反芻《はんすう》した。部屋にいらっしゃい。たしかにセンセイは言った。しかし、部屋に行って、いったい何があるというのだろう。まさか花札やトランプをするのでもあるまい。酒の続きか。センセイのことだから、突然「歌でも詠《よ》みましょう」などと言いだすかもしれない。

「月子さんよ、期待するなかれ」つぶやきながら、わたしは自分の部屋に向かった。鍵をあけて明かりのスイッチを入れると、ふとんが一組、部屋のまん中に敷いてあった。荷物は床の間の前に寄せてある。

浴衣《ゆかた》に着がえて風呂《ふろ》の用意をしてからも、わたしは何回か、「期待するなかれ、期待するなかれ」とくり返した。

温泉は、肌に柔らかかった。髪を洗い、何回も湯を出たり入ったりし、最後に脱衣場で念入りに髪にドライヤーをあてると、知らぬ間に一時間以上が過ぎていた。部屋に帰って窓をあけると、夜気が流れこんできた。波の音が、窓を締めきっていたときよりも大きくせまってくる。しばらくわたしは、窓の桟にもたれた。

センセイとこうして近しくなったのは、いつからだったろう。最初センセイは、遠い男性だった。見知らぬ、歳のいった、遥《はる》かかなたの「高校のころの先生」だった。ぽつぽつと会話をかわすようになってからも、顔もろくに見ていなかった。カウンターの、わたしの席の真横で静かに酒を飲んでいる、ぼんやりとした存在だった。

センセイの声だけは、最初のころから耳に残った。こころもち高めの、しかし低音のじゅうぶんに混じった、よく響く声である。その声が、カウンターの隣の茫洋《ぼうよう》とした存在から、流れ出てきた。

いつの間にやら、センセイの傍によると、わたしはセンセイの体から放射されるあたたかみを感じるようになっていた。糊《のり》のきいたシャツ越しに、センセイの気配がやってくる。慕わしい気配。センセイの気配は、センセイのかたちをしている。凛《りん》とした、しかし柔らかな、センセイのかたち。わたしはその気配をしっかりと捕らえることがいまだにできない。摑《つか》もうとすると、逃げる。逃げたかと思うと、また寄りそってくる。

たとえばセンセイと肌を重ねることがあったならば、センセイの気配はわたしにとって確固としたものになるのだろうか。けれど気配などというもともと曖昧模糊《あいまいもこ》としたものは、どんなにしてもするりと逃げ去ってしまうものなのかもしれない。

大きな蛾《が》が一匹、部屋の電灯にひかれて飛んできた。鱗粉《りんぷん》を散らしながら、蛾は部屋をひとまわりした。電灯の紐《ひも》をひき、しらじらと輝いている灯を、わたしはオレンジ色の豆ランプに落とした。蛾は所在なげに浮いていたが、やがて外へと飛び去った。

しばらく待ったが、もう蛾は帰ってこなかった。

わたしは窓を閉め、浴衣の帯を締めなおし、薄くくちべにをひき、ハンカチを持った。自分の部屋の鍵をできるだけ音をさせずにかけ、廊下に出た。廊下の電灯には、小さな蛾が何匹か集まっている。センセイの部屋の扉を叩《たた》く前に、わたしは深呼吸をした。上下のくちびるを軽く触れあわせ、髪をてのひらで撫《な》でつけ、それからもう一回深呼吸をした。

「センセイ」と声をかけると、「開いていますよ」という返事が中から聞こえた。扉の把手《とって》を、わたしはていねいに、廻した。

センセイは座卓にひじをついていた。いっぽうに寄せてあるふとんに背を向けるようにして、ビールを飲んでいる。

「お酒は、ないんですか」とわたしは聞いた。

「いや、冷蔵庫にありますが、もうワタクシは酒はいいのです」言いながら、センセイはビールの中瓶を傾けた。コップの中に、きれいな泡がたつ。わたしも冷蔵庫の上にある盆に伏せてあるコップを持ってきた。はい、と言ってセンセイの前に差し出すと、センセイはほほえんで、同じようにきれいに泡をたててくれた。

銀紙に包んである三角のチーズが、卓の上にいくつか置かれている。

「センセイが持ってらしたんですか」と聞くと、センセイは頷いた。

「用意がいいんですね」

「鞄《かばん》に入れてきました、出がけに思いついて」

静かな夜だ。波の音がガラス越しにかすかに聞こえてくる。二本めの中瓶を、センセイが開けた。栓抜きの、ぽん、という音が部屋じゅうに響きわたる。

二本めのビールが空になるころには、二人とも黙りがちになっていた。波の音がときおり高くなる。

「静かですね」わたしが言うと、センセイが頷く。

「静かですね」しばらくしてセンセイが言い、今度はわたしが頷く。

チーズを包んでいた銀紙が、剝《む》かれてまるまっていた。わたしは銀紙を集めて玉をつくった。小さいころ、フィンガーチョコレートの銀紙で、ずいぶん大きな玉をつくったことを思いだした。たんねんに銀紙をのばしては、はりつけていったものだった。ときおり混じる金の包み紙は、別に取りのけておいた。クリスマスツリーのてっぺんにつける星にはるために、机のひきだしのいちばん下にまとめておいたのだったか。クリスマスが来るころには、ノートやらねんど箱やらの下敷きになって、金の紙はしわしわになってしまった記憶がある。

「静かですね」何十回めになるのか、しかしこのたびはわたしとセンセイが同時に、言った。センセイはざぶとんの上に座りなおした。わたしも座りなおした。銀紙の玉を指でもてあそびながら、わたしはセンセイと向かいあった。

あ、という音のかたちに、センセイは口を開けた。しかし音は出てこなかった。開けた口のあたりに、老いが感じられる。さきほどあわびを嚙んでいるときよりも、さらに濃い老いが感じられた。わたしは静かに視線をそらせた。センセイも同時に視線をそらせた。

波の音が、絶え間ない。

「眠りますか、もう」センセイが静かに言った。

「はい」とわたしは答えた。ほかに、何も言いようがないではないか。立ち上がり、うしろ手に扉を閉め、わたしは自分の部屋へと歩いた。廊下の電灯には、さきほどよりもさらに多くの蛾が集まっていた。

夜中にぽっかりと目がさめた。

少し頭が痛い。部屋の中には、自分以外の気配はない。センセイのあの不定型の気配をよみがえらせようとしてみたが、うまくできなかった。

いちど起きてしまうと、もう眠れない。枕《まくら》もとに置いた腕時計の音が、耳の間近に聞こえる。間近かと思うと、遠ざかる。時計はずっと同じ位置にあるのに。妙なことだ。

しばらくじっとしていた。それから浴衣の中の自分の乳房をさわってみた。柔らかくも固くもない。そのまま手をすべらせて、お腹《なか》を撫でる。なかなかになめらかなお腹である。さらに下へ。ほんわりとしたものがてのひらに触れる。漫然と自分でさわってみても、ちっとも楽しいものではない。それでは、センセイに計画や思惑をもってさわられれば楽しいものかと考えると、どうもそうではないような気がする。

三十分ほど、横たわっていた。波の音を聞いていれば自然に眠くなるかと思ったが、目は冴《さ》えるばかりだ。もしかすると、センセイも暗闇の中で目を開けているのかもしれない。

思いはじめると、どんどん思いがふくらむ。そのうちにセンセイがわたしを向こうの部屋から呼んでいるような気分になってきた。夜の気分は放っておくと大仰に育つ。

居ても立ってもいられなくなってくる。明かりはつけずに、そっと自分の部屋の扉を開けた。廊下の端にある手洗いに行って、用を足す。膀胱《ぼうこう》が落ちつけば、大仰な気分もしぼむかと思ったのだ。しかし気分はちっとも鎮《しず》まらない。

一度部屋に帰ってふたたびうすくちべにをひき、そのままわたしはセンセイの部屋の前まで忍んだ。扉に耳をつけ、中をうかがう。まるで泥棒だ。寝息ではない、なにかしらの音が聞こえる。しばし耳を澄ませていると、ときおり音は高まったりする。センセイ、とわたしはささやいた。センセイ、どうしたんですか。だいじょうぶですか。苦しいことなんか、ありませんか。そこに、行きましょうか。

突然扉が開いた。部屋の中から満ちあふれてくる光に、わたしは目を閉じた。

「ツキコさん、そんなところに立ってないで、いらっしゃい」センセイが手招きした。目を開けると、すぐに目は光に慣れた。センセイは何やら書きものをしていたらしい。卓に紙が散らばっている。何を書いてらしたんですか、と聞くと、センセイは一枚の紙を卓からとりあげ、わたしに見せた。

「蛸《たこ》の身のほのかに紅《あか》し」と紙には書いてある。まじまじと眺めていると、センセイは、

「句の、下五がなかなかできません」と言った。

「ほのかに紅し、の後に何を置いたらいいのやら」

わたしはざぶとんにぺたりと腰をおろした。わたしがセンセイのことを思って悶々《もんもん》としていた間、センセイは蛸のことなぞで悶々としていたのである。

「センセイ」低い声で、わたしは言った。センセイはのんびりと顔をあげる。卓の上に散らばる紙の一枚には、へたくそな蛸の絵が描いてあった。蛸は豆絞りの鉢巻きをしている。

「なんですかツキコさん」

「センセイ、あの」

「はい」

「センセイ、その」

「ええ」

「センセイ」

「だからどうしました、ツキコさん」

「海鳴りす、ではどうでしょうか」

どうしても核心に近づけない。核心というものがセンセイとわたしの間にあるもののなのかどうかも、わからないのだが。

「蛸の身のほのかに紅し海鳴りす、ですか。ほう」

わたしの切羽つまった様子にはまったく気づかずに、あるいはわざと気づかないふりをして、センセイは紙に句を書き下ろした。たこのみのほのかにあかしうみなりす。唱えながら書いている。

「なかなかいいですよ。ツキコさんはいい感覚をしていますね」

はあ、とわたしは答えた。センセイに見えないようにちり紙をそっとくちびるにあて、くちべにを拭《ぬぐ》った。センセイは何やらつぶやきながら、句をいじっている。

「海鳴りや蛸の身のほのかに紅し、ではどうでしょうね、ツキコさん」

ではどうでしょうね、もないものだ。わたしは色を失ったくちびるを開き、もういちど力なく「はあ」と言った。センセイはさも愉快そうに句を紙に書きつけては、一人で首をひねったり頷《うなず》いたりしている。

「芭蕉《ばしょう》ですね」センセイは言った。わたしはもう答える気力もない。ただ首を縦に振るばかりだ。芭蕉の句に「海くれて鴨《かも》のこゑほのかに白し」というのがありましてね、などとセンセイは紙に書きながら講義を始める。この真夜中に。

ワタクシとツキコさんの共作の句は、芭蕉の句をふまえたものといえましょう。破調のおもしろい句です。「海くれてほのかに白し鴨のこゑ」、ではいけません。それですと、「ほのかに白し」が、海にも鴨の声にもかかってしまいます。「ほのかに白し」が下にくることによって、句が生きるのです。わかりますか。わかりますね。ツキコさんも、よかったら句をつくってごらんなさい。

それで、しかたなくわたしもセンセイと並んで句をつくることになってしまった。何がなじょしてこうなった。時刻はすでに午前二時を過ぎている。指を折りながら、「ゆうぐれの灯にくる大蛾さみしそう」などというへボな句をつくっているこの状態は、いったい何だ。

憤然として、わたしは句をつくってやった。俳句などつくるのは生まれてはじめてだったが、どんどんつくってやった。十も二十もつくった。しまいには疲れはて、センセイのふとんに頭をつけて畳の上に寝そべった。そのまままぶたが閉じ、どうしても開けられなくなった。体ごとひっぱられて（センセイがひっぱったものらしい）、ふとんのまんなかに寝かされて、そのあたりの意識もほとんどないのだが、目が覚めるとあいかわらず波の音が聞こえていて、カーテンの隙間《すきま》から光が漏れている。

狭苦しい感じがして横を見ると、センセイが添い寝していた。センセイに腕まくらをされるかたちで、わたしは眠っていたのである。あっ、と叫んでわたしは起き上がった。それから何も考えられぬまま、自分の部屋に逃げ帰った。自分の部屋のふとんにもぐり、すぐにまたふとんから飛びだし、部屋の中をぐるぐる歩き、カーテンをあけ、カーテンをしめ、もう一度ふとんにもぐり、頭の上まで掛けぶとんを引きあげ、ふたたびふとんから飛びでて、頭の中がまっ白なままセンセイの部屋に戻った。センセイはカーテンを閉めたままのうすぐらい部屋の中で、ぱっちりと目を開き、ふとんの中でわたしを待っていた。

「ツキコさん、いらっしゃい」センセイはふとんの端をめくりながら、柔らかく言った。

はい、と小さく言いながら、ふとんにもぐった。センセイの気配がわたしの方へとおしよせてきた。センセイ、と言いながら、センセイの胸に顔をうずめた。センセイはわたしの髪に何回か接吻《せっぷん》をした。わたしの胸を浴衣《ゆかた》越しにさわり、そののちに浴衣越しでなくさわった。

「いい胸ですね」センセイは言った。芭蕉の句のことを説明するのと同じような調子である。くすりとわたしが笑うと、センセイもくすりと笑った。

「いい胸です。いい子だ、ツキコさんは」

そう言って、センセイはわたしの頭を撫でた。何回でも、撫でた。撫でられて、眠くなった。眠っちゃいますセンセイ、とわたしが言うと、眠りましょうツキコさん、とセンセイは答えた。

眠りたくないのに。わたしはつぶやいたが、まぶたをもう開けていられない。センセイのてのひらからは、催眠物質でも出ているんじゃないだろうか。眠りたくないの。センセイに抱きしめてほしいの。そうわたしは言おうとしたが、うまく舌がまわらない。眠りたく、ねむりたく、ねむり、り、と、最後はとぎれとぎれになっていってしまう。センセイのてのひらの動きも、いつの間にか止まっていた。かすかな寝息が聞こえてくる。センセイ、と最後の力をふりしぼってわたしは言った。ツキコさん、とセンセイがこれもふりしぼったような声で答えた。

かもめが海の上で鳴いている声が、眠りに入ろうとする耳に、かすかに聞こえてくる。センセイ、眠っちゃだめです。そう言おうとするが、もう言えない。センセイの腕の中で、深い眠りにひきずりこまれてゆく。わたしは絶望する。絶望しながら、センセイの眠りから遠く離れた自分の眠りの中にひきずりこまれてゆく。かもめが何羽も、朝の光の中で、鳴いている。

干潟——夢

何かがざわざわ騒いでいると思ったら、窓外のクスノキだった。オイデオイデ、とも聞こえるし、ダレダレ、とも聞こえる。開けはなった窓から、首だけ出して眺めた。小鳥が、何羽も、クスノキの枝の間を飛びまわっている。速い。姿をとらえることができない。飛びまわるたびに、周囲の葉が動くので、いることがわかるのである。

センセイの家の庭にある桜の木にも、そういえば以前鳥が来ていた。夜だった。夜の中、鳥は数回はばたいて、それから静まった。クスノキの小鳥は、ちっとも静まらない。飛びまわりつづけている。そのたびに、クスノキが、オイデオイデ、と騒ぐ。

ここしばらく、センセイに会っていなかった。サトルさんの店に行っても、カウンターに向かうセンセイの背中が見あたらない。

クスノキの枝々がざわめいて、オイデオイデと言うのを聞きながら、今夜もまたサトルさんの店に行こうかと思った。そら豆の季節は終わったが、走りの枝豆が出ているにちがいない。クスノキの小鳥は変わらず飛びまわって、茂りを騒がせている。

「ひややっこ」と頼み、カウンターの端に腰かけた。センセイはいない。小上がりのほうにも、テーブルの席にも、いない。

　ビールを飲みほし、酒になっても、センセイは姿を現さなかった。家を訪ねてみようかとも一瞬考えたが、そこまでするのもさしでがましい。ぼんやりと酒をかさねるうちに、眠くなってきた。

　手洗いに行き、座ったまま小さな窓から外を眺めた。便所の窓から外を眺めたら青空が見えてさみしかった、というような内容の詩があったなと思いながら、用を足した。便所の窓というものは、たしかにさみしさを呼ぶ。

　やっぱりセンセイの家を訪ねてみようか。そう思いながら手洗いから出てくると、センセイがいたのである。わたしからひとつおいて隣の席に、センセイはいつものように端然と座っていた。

「ハイ、ひややっこ」とサトルさんからカウンター越しに渡された鉢を受けとり、センセイはていねいに醬油《しょうゆ》をさした。そっと箸《はし》で豆腐をつまみ、口に持ってゆく。

「うまいですね」センセイは、すいとわたしの方を向いて、言った。今までずっと話をつづけていたかのように、前おきも挨拶《あいさつ》もなしに、すいと言った。

「わたしもさっき食べましたよ」と言うと、センセイは軽く頷《うなず》いた。

「豆腐はたいしたもんです」

「はあ」

「湯豆腐や良し。冷や奴《やっこ》や良し。煮豆腐や良し。揚げ豆腐や良し。万能です」小さな盃《さかずき》を口に運びながら、センセイはよどみなく言った。

センセイまあ飲みましょう、久しぶりですし。そう言いながら、わたしはセンセイの盃に酒をついだ。さあさあツキコさんも飲みましょう。センセイも返してくる。結局その夜は深酒になった。いままでにない、深酒になった。

水平線に針を何本も並べたような、あれは、沖をゆく舟だろうか。わたしとセンセイはしばらく目を凝らしていた。じっと眺めているうちに、目が乾いてくる。わたしはじきに飽きてきたが、センセイはいつまでも凝視している。

「センセイ、暑くありませんか」聞くと、センセイは首を横に振った。

ここは、どこだろう、と思った。センセイと酒を飲んでいた。空けた徳利を何本めまで数えたか、覚えていない。

「アサリですね」水平線から干潟《ひがた》へと視線を移しながら、センセイがつぶやいた。干潟で、多くの人たちが潮干狩りをしている。

「季節はずれなのに、ここいらではまだ採れるんでしょうかね」センセイはつづけた。

「センセイ、ここはどこですか」と聞くと、

「また、来てしまいましたね」とだけ、センセイは答えた。

また、ですか。聞き返すと、また、ですよ。センセイは言った。ここは、ときどき来てしまう場所です。

「アサリよりハマグリがワタクシは好きなんですが」ときどき来る場所ってどこですか、とわたしが聞こうとするのをさえぎるように、センセイは元気よくつづけた。

「わたしはアサリが好きです」元気のよさにつられて、答えた。海鳥がざわざわと飛びまわっている。センセイは持っていたカップ酒を注意深く岩場の上に置いた。まだ半分ほど残っている。

「ツキコさんも、よかったら召し上がれ」センセイにそう言われて自分の手を見ると、わたしも知らぬうちにカップ酒を持っていた。中身はほとんど残っていない。

「飲みおわったら、灰皿にしていいですか、そのカップ」とセンセイに言われて、いそいで酒を飲みほした。

「悪いですね」カップを受け取り、センセイは吸いさしの煙草《たばこ》の灰を中に落とした。

空に薄い雲がたなびいている。干潟から、ときどき子供の声が響きあがってきた。こ

んなに大きな貝を掘りあてた、というようなことを言っている。

「ここは、どこですか」

「よく、わからんのですよ」センセイは沖に目をやって、答えた。

「サトルさんの店を出たんでしょうか、わたしたち」

「出てないかもしれません」

「え」

え、という自分の声がいやに大きく響いて、驚いた。センセイは沖を眺めている。風が湿っている。海の匂《にお》いをふくんでいる。

「ここに、ときどき、来てしまうんですが、人と一緒に来たのは初めてです」センセイは目を細めた。

「一緒に来たとワタクシが思いこんでいるだけかもしれませんが」

日差しが強い。ざわざわと、海鳥が飛んでいる。その音が、オイデオイデ、と聞こえないこともない。いつの間にか、手にはカップ酒が握られている。いっぱいに酒が満たされている。ひといきに飲みほしたが、ちっとも酔いがまわってこない。そういう、場所なんです。センセイが独り言のように言う。

「ちょっと」とセンセイが言った。言うそばから、センセイの輪郭がぼやけ始めた。

「どうしたんですか」と聞くと、センセイは悲しそうな表情になった。

「また、必ず来ますから」そう言いながら、すっと消えてしまった。吸っていた煙草ごとかき消えてしまった。数メートル四方を歩きまわったが、いない。岩陰も覗《のぞ》いてみたが、いない。あきらめて岩の上に座り、カップ酒をぐっと飲んだ。岩場に空き瓶を置くと、目を転じた隙《すき》にすっと消える。センセイが消えたのと、同じように。そういう、場所なのだろう。いくらでも手の中にわいてくるカップ酒を、何杯でも飲みながら、沖を眺めた。


約束どおり、センセイは間もなく現れた。

「何杯めですか、そのカップ酒」と言いながら、背後から現れた。

「さあ」少し、酔っていた。いくら「そういう」場所だからといって、あんなに飲めば、酔いもするだろう。

「また、来ましたな」センセイはぶっきらぼうに言った。

「サトルさんの店に戻ってたんですか」と聞くと、センセイは首を横に振った。

「家に帰っていたようです」

「そうですか。まあ、いつの間に」

「酔っぱらいは存外帰巣《きそう》本能が発達しているものです」センセイはおごそかに言った。わたしは笑い、その拍子にカップ酒の中身を岩の上にあけてしまった。

「ください、空き瓶」センセイはさきほどと同じく、煙草を手にしていた。飲み屋ではめったに吸わないのに、この場所に来ると、いつも吸うものなのか。今にも落ちそうになっていた灰を瓶に落とす。

干潟にいる人々のたいがいは帽子をかぶっていた。帽子をかぶり、しゃがんで、貝を掘っている。短い影がどの人の尻《しり》からも生え出ていた。みな、同じ方角を向いて掘っている。

「何が面白いんでしょうね、あの人たち」煙草を瓶の縁でていねいにもみ消しながら、センセイは言った。

「何がって」

「貝なんか掘って」

センセイは突然岩場で三点倒立を始めた。岩自体が斜めになっているので、センセイの体がかしぐ。ちょっとふらついたが、じきに静止した。

「夕飯にするんじゃないでしょうか」答えると、センセイの声が足元から上がってきた。

「食べるのですか」
「飼うのかもしれないし」
「アサリを、ですか」
「昔わたしはカタツムリを飼ってました」
「カタツムリなら別に不思議じゃない」
「同じ、貝でしょう」
「カタツムリは貝か、ツキコさん」
「違いますね」

まだ倒立をしている。そのことを不思議にも思わなくなっている。そういう、場所なのだ。思い出して、きた。センセイの夫人のことである。会ったこともないのだが、センセイになりかわって、思い出した。

夫人は、手品を能《よ》くした。赤い玉を指の間でもてあそぶ類《たぐい》の基本的な手品から始まり、動物を使う大がかりなものまで、かなり本格的に習得していた。人に見せるわけではない。家で、ひとり練習するばかりだった。ときおりは習いおぼえた手品をセンセイに披露することもあったが、稀《まれ》だった。昼間熱心に練習しているのはうすうす知っていたが、どれほどのものなのか。種になるウサギや鳩《はと》を籠《かご》に飼っているのも知っていたが、手品のためのウサギや鳩は、普通のものよりも小型で不活発である。家の中に飼われていていても、存在をすぐに忘れてしまう。

あるときセンセイが所用で学校を離れ繁華街を歩いていると、正面から夫人とそっくりの女性がやってくる。しかし所作やいでたちがふだんの夫人とは異なった。女性は、肩をむきだしにしたけばけばしいワンピースを着ていた。堅気の者とは思えぬ派手な背広を着た髭《ひげ》の男と、腕を組んでいた。気儘《きまま》なところはあるが、人目にたつことを夫人は好まない。それならば夫人のはずもあるまい、似た他人だろうと決め、視線をずらした。

夫人そっくりの女と髭の男は、ずんずん近づいてくる。いったんは目をそらしたが、ふたたび吸いよせられるように二人を見てしまった。女は、笑っていた。夫人とそっくりに、笑っていた。笑いながら、ポケットから鳩を取り出した。そのまま鳩をセンセイの肩に止まらせた。次に胸元から小さなウサギを出し、反対の肩に止まらせた。ウサギは置物のようにじっとしていた。センセイもじっと固まっていた。最後に女はスカートの中から猿をひっぱり出して、センセイの背中にしょわせた。

「あなた、どうですか」女は晴れやかに言った。

「それでは、おまえは、スミヨなのか」

「しっ」女はセンセイの問いには答えず、かわりにばたついている鳩を叱《しか》った。じきに鳩は静まった。髭の男と女はしっかり手を握りあっている。センセイはウサギと鳩をそっと地面におろしたが、背中にはりついている猿の始末に苦心した。男が、女を抱き寄せる。そのまま男は女の肩を抱いて、すっすと行ってしまった。センセイが猿に往生している間に、すっすと、行ってしまった。

「センセイの奥さま、スミヨさんておっしゃったんですね」聞くと、センセイは頷いた。

「スミヨは、やっぱりかわった女でしたね」

「はあ」

「十五年ほど前に、家を出て行って、以来各地をてんてんとしていたでしょう。それでね、葉書が、来るんですよ。律儀《りちぎ》に」

センセイは三点倒立を終え、今は岩場に正座していた。妙な女、と自分の妻のことを言うが、この干潟では、センセイだって、ずいぶんと妙だ。

「最後の葉書が来たのが五年前で、その葉書にこの前行った島の消印があったわけです」

干潟に、人が増えていた。尻をこちらに向けて、熱心に貝を掘りつづけている。子供の声がする。ゆるんだテープで再生されているように、まのびして聞こえる。煙草のけむりをカップ酒の空き瓶に吹き込むようにしながら、センセイは瞑目《めいもく》した。会ったこともない、センセイの妻のことをこんなにはっきりと思い出せるくらいなのだから、自分のことも、と思ったが、何も思い出せない。沖をゆく舟が光るばかりである。

「ここは、どういう、場所なのですか」

「何かのね、中間みたいな場所なようですよ」

「中間」

「境、といいましょうか」

何の境なのだろうか。センセイはいつもこんな場所に来ているのだろうか。何杯めになるのか、酒の満たされたカップをぐいと飲み、干潟を眺めた。人々の姿がうすぼんやりと霞《かす》んでいる。

「犬をね」センセイは空のカップを岩場に置きながら、始めた。カップは見ているうちにふっと消えた。

犬を、飼っていたんですよ。まだ息子が小さいころでしたか。柴《しば》で。犬は柴が好きですよワタクシは。妻は雑種が好きだった。いつかなどダックスフントとブルドッグの混じったようなみょうてけれんな犬をどこかから貰《もら》ってきて、あれは、ずいぶん長く生きたっけか。可愛《かわい》がっていましたよ、妻は。柴犬は、その前でしょうかね。その柴が、悪いものを食って、少しの間患《わずら》ったすえ、結局死んでしまった。息子は嘆くわけです。ワタクシだってかなしかった。けれど妻は涙ひとつこぼさない。はんたいに憤慨している様子で。憤慨って、めそめそしている息子やワタクシに対してですよ。

庭に、柴を埋め終わると、妻は突然、「生まれ変わるんだから、大丈夫よ」と息子に言ったのです。

「チロは、すぐに生まれ変わるから」

「でも、何に生まれ変わるの」息子は泣きはらした目で問うたのだったか。

「あたしに生まれ変わるのよ」

え、と息子は目を剝《む》いた。ワタクシだって驚いた。何を言っているんだか、この女は。道理というものがない。慰めにもならない。

「おかあさん、変なこと言わないで」息子ははんぶん怒ったような声で、言った。

「変じゃないわよ、ふん」スミヨは言い、すたすた家に入っていってしまった。それからしばらくは無事に日が過ぎたけれど、一週間もたったころか、夕食の席で、突然スミヨが吠《ほ》えたのである。

「アン」という声だった。チロは、高い声で鳴いた。そっくりの声だった。手品をするくらいだから、人よりは器用なのだろう、それにしてもそっくりそのままの声だった。

「嫌な冗談はやめなさい」ワタクシは言ったが、スミヨは取り合わない。食事の間じゅう、アン、アン、と鳴きつづけた。息子もワタクシも食欲をなくして早々に席を立った。

翌日にはスミヨはいつもの妻に戻っていたが、息子はおさまらない。おかあさん、謝ってほしい。強情な様子で、そうスミヨにつっかかってゆく。スミヨはどこ吹く風だ。だって生まれ変わったのよ。あたしの中に、チロが来たのよ。気軽な口調で言うので息子はますます熱くなる。息子もスミヨも譲らないままに終わった。息子とスミヨがぎくしゃくしはじめたのはそれからで、高校を卒業すると息子は遠くの大学を選んで下宿し、そのままその土地に勤めを得た。孫が生まれてからも、行き来は少なかった。孫が可愛くないのか、しょっちゅう会いたくはないのか、とスミヨに問うても、「べつに」などと言っている。そうしているうちに、スミヨは出奔した。

「それで、ここはどこなんでしょう」と聞くのも何回めになるのか。あいかわらずセンセイは答えない。

スミヨさんは不幸が嫌いだったのだろうか。不幸を嘆く気分が嫌いだったのだろうか。

「センセイ」とわたしは呼びかけた。

「スミヨさんのこと、いとしんでらしたんですね」

センセイは、ふん、というような声をたてて、にらんだ。

「いとしむも何も、勝手な女ですよ」

「そうですか」

「気儘で勝手で気分屋で」

「ぜんぶ同じ意味ですね」

「同じ意味ですよ」

干潟は、すっかりぼやけてもう見えない。何もない、空気だけみたいな場所に、センセイと二人、カップ酒を手にして立っている。

「ここは、どこですか」

「ここは、まあ、ここですよ」

子供の声が、下のほうからときおりあがってくる。茫《ぼう》とまのびした声である。

「若かったですね、ワタクシもスミヨも」

「今もお若いですよ」

「そういう意味ではなく」

「センセイ、もうカップ酒にも飽きました」

「干潟に下りて、アサリでも掘ってきましょうか」

「生じゃ食べられませんよ」

「焼きましょう、火をおこして」

「焼きますか」

「面倒ですね」

ざわざわと、騒ぐものがあった。ざわざわと、窓外のクスノキが騒いでいる。いい季節なのである。雨は降りやすいが、その雨にクスノキの葉が濡《ぬ》れて、つやめいている。センセイはなんだかぼんやりと煙草《たばこ》を吸っている。

ここは、境なんですよ。センセイのくちびるが動いて言ったような気がしたが、実際に声を出したのかどうか。

「いつごろから、ここに来るようになったんですか」と聞くと、センセイはほほえみ、

「今のツキコさんと同じとしごろからですかね。なんだかね、来たくなる場所なんですよ、ここは」

センセイ、サトルさんの店に帰りましょう。こんな妙なところにいないで、早く帰りましょう。センセイに呼びかけた。帰りましょう。でも、どうやったらこの場所から出てゆけるんでしょう。センセイが答える。

干潟から、たくさんの声があがってくる。窓の外のクスノキが、ざわざわ騒いでいる。センセイとわたしは、カップ酒を手にして、ぼうぜんと立ちつくしている。クスノキの葉が、窓の外から、オイデオイデをしている。

こおろぎ

ここのところひきつづき、センセイと会っていない。

あの妙な場所に行ってしまったから、というのでもないが、わたしから、避けている。

サトルさんの店には、いっさい近づかない。休日の夕方の散歩も、しない。古い市場のある商店街などには入りこまず、駅前の大きなスーパーマーケットでそそくさと買い物をすませる。町内に一軒ある古本屋と二軒ある書店にも、いかない。そのくらいのことを心がけていれば、まあセンセイと顔をあわせなくて済むというものだ。かんたんなものだ。

あんまりかんたんなので、このまま一生センセイと顔をあわせなくとも済むかもしれない。一生会わなければ、諦《あきら》めもつくだろう。

「育てるから、育つんだよ」と、そういえば、亡《な》くなった大叔母が生前にしばしば言っていた。大叔母というひとは、歳《とし》がいっていたくせに、母などよりも余程ひらけたひとだった。連れあいである大叔父が亡くなったあとには、何人もの「ボーイフレンド」をはべらせ、やれ食事だやれドライブだやれゲートボールだと、飛びまわっていた。

「恋情なんて、そんなもんさ」大叔母は、言ったものだった。

大事な恋愛ならば、植木と同様、追肥やら雪吊《づ》りやらをして、手をつくすことが肝《かん》腎《じん》。そうでない恋愛ならば、適当に手を抜いて立ち枯れさせることが安心。

大叔母は、語呂《ごろ》あわせのように、そんなことを言い言いしていた。

その伝でゆくならば、長く会わないでいれば、センセイへの感情も立ち枯れさせることができるかもしれないというものだ。

それで、ここのところずっと、センセイを避けている。

部屋を出てしばらく大きな幹線道路沿いに歩き、そこから住宅街へ入る道をたどり、さらに川沿いを百メートルほど歩くと、センセイの家のある一角にでる。

センセイの家は、川沿いではなく、川から三軒ほど家をへだてたところにある。三十年ほど前までは、大きな台風がくるたびに床下浸水がおこるような、あふれやすい川だった。高度成長時代におこなわれた河川の大がかりな改修工事で、川はコンクリートの壁に囲まれるようになった。深くまで掘りさげられ、幅も増した。

以前は、流れの速い川だった。目の前を、澄んでいるとも濁っているともつかぬ水が、すいすいと流れていった。気安いその流れが誘うのか、ときおり飛びこみ自殺もあったらしい。たいがい沈みきれずに下流のほうで助けられ、まっとうできなかったと聞く。

休日にはセンセイに会うためというのでもなく、川沿いをぶらぶら歩きながら駅前の市場に向かうのが、わたしの習慣だった。しかしセンセイに会うまいとすると、ぶらぶら歩きが、できなくなる。休日の過ごしかたに窮することになる。

しばらくは電車に乗って映画を見にいったり、街へ出て服やら靴やらを買ったりしてみた。

しかしどうにも居心地が悪かった。ポップコーンの匂《にお》いのする休日の映画も、夏の夕方のあかるくよどんだデパートの空気も、大型書店のレジのあたりのひんやりとしたざわめきも、わたしには重たすぎた。呼吸が、うまくできないような感じだった。

一人で週末に旅行をしてみたりもした。『近郊の温泉宿〜ぶらりと行く旅』という本を買って、「ぶらり」と何カ所かに行ってみた。

ちかごろの宿は、以前と違って、女の一人旅も不審とは見なさないらしい。てきぱきと部屋に案内され、てきぱきと食堂と風呂《ふろ》の場所を教えられ、てきぱきとチェックアウトの時間を指示される。

しょうがないので、わたしもてきぱきと風呂に入り、てきぱきと夕食を終え、てきぱきとふたたび風呂に入ると、もうすることがなくなった。てきぱきと眠って、てきぱきと翌日には出立して、それでおしまいだった。

一人で今まで楽しく生きてきたはずだったのに、どうしたことか。「ぶらり」旅にもすぐに飽きて、かといって川沿いの夕刻の散歩をすることもできず、部屋の中で寝そべったまま、わたしは思う。

しかしほんとうに、今まで一人で「楽しく」など生きてきたのだろうか。楽しい。苦しい。きもちいい。甘い。苦い。しょっぱい。くすぐったい。かゆい。寒い。暑い。なまぬるい。

いったいわたしは、どんなふうに生きてきたんだったっけか。

いろいろ考えているうちに、眠くなってくる。寝そべっているので、まぶたがすぐに重くなる。

ざぶとんを二つ折りにしたのにもたれ、わたしはすうっと寝入ってしまう。網戸ごしに吹くゆるい風が、わたしの上を流れてゆく。つくつくほうしの鳴き声が、遠くに聞こえる。

なぜセンセイを避けているんだっけ、と、寝入りばなに見る、夢のような雑念のようなものの中で、わたしはうとうとと考える。夢のなかで、白くてほこりっぽい道を、わたしは歩いているのだ。センセイはどこだっけ、と探しながら、つくつくほうしの声が高いところから降ってくる白い道を、わたしは歩いてゆく。

センセイは、なかなかみつからない。

そうだ、センセイはもう箱にしまうことにしたんだった。わたしは思いだす。わたしが、センセイを、袋縫いにした絹の布にきれいに包んで、おしいれの奥に置かれた、あの大きな桐箱に、しまったんだった。

もうセンセイをとり出すことはできない。おしいれは深いから。絹の布は涼しくて、センセイはいつまでもくるまれたがっているから。箱の中はおぐらくて、センセイはいつまでもうとうとしたがっているから。

箱の中で目をあけたまま横たわっているセンセイを思いながら、わたしは白い道をいっしんに歩く。つくつくほうしの声が、わたしの頭上に、ものぐるおしく降りそそぐ。

小島孝と、久しぶりに会った。ひと月ほど出張していたとのことだった。小島孝は金属製のずっしりとしたくるみ割りを、「みやげ」と言いながら、くれた。

「どこに、行ってたの」くるみ割りを閉じたり開いたりしながらわたしが聞くと、

「アメリカの西部のあちこち」と小島孝は答えた。

「あちこち？」と聞きながらわたしが笑うと、小島孝も笑った。

「月子ちゃんが名前を聞いたことのないような、小さな町だよ」

月子ちゃん、と小島孝が呼んだことに、わたしは気がつかないふうをよそおった。

「そんな名も知らぬ町で、どんな仕事をしてきたの」

「まあ、いろいろ」

小島孝の腕が、日に焼けている。

「アメリカの太陽に焼かれたんだね」わたしが言うと、小島孝は頷《うなず》いた。

「だけどよく考えれば、アメリカの太陽も日本の太陽も、ないもんだな。太陽は一つしか存在しないわけで」

くるみ割りをぱちんと開き、ぱちんと閉じ、わたしは小島孝の腕をぼんやりと眺めていた。太陽は一つしか存在しないわけで。その言葉にひきずられて、感傷みたいなことを考えそうになる。しかし思いとどまった。

「わたしはね」

「うん」

「ぶらりとしてた、この夏は」

「ぶらり」

「ぶらりとね、あちこちに」

それは優雅でうらやましい。小島孝は、さらっと言った。優雅優雅。さらっと、わたしも答えた。

くるみ割りが、「バーまえだ」の間接照明の光を受けて、にぶく光っている。小島孝とわたしは、二杯ずつバーボンのソーダ割りを飲んだ。勘定をし、バーまえだの階段をのぼった。のぼりきった段に立ったまま、軽い他人行儀な握手をした。それから、軽い他人行儀なキスもした。

「なんだかうわのそらだね」小島孝は言った。

「ぶらりとしちゃったからなあ」わたしが答えると、小島孝は首をかしげた。

「なにそれ、月子ちゃん」

「ちゃん、って柄じゃないしなあ」

「そうでもないよ」小島孝は言った。

「そうでもある」わたしが言い返すと、小島孝は笑った。

それからもう一度、わたしたちは他人行儀な握手をして、別れた。

「夏も終わるねえ」

「夏も終わるなあ」


「ツキコさん、ひさしぶり」とサトルさんが言った。

すでに十時を過ぎていた。サトルさんの店はそろそろラストオーダーの時間だ。二カ月ぶりに、サトルさんの店にきたのだ。

定年退職となった上司の送別会に出席した帰りだった。いつもよりも、酒をすごした。気が大きくなっていた。二カ月もたったし、もう大丈夫だろうと、酔った頭が思ったのだ。

「ひさしぶりです」常よりも高い声がでる。

「何しましょうか」サトルさんがまな板から顔をあげて、聞いた。

「冷や一本。それとえだ豆」

サトルさんは「はいよ」と答えて、ふたたびまな板に顔を伏せた。

カウンターには誰も客がいない。テーブル席に、男女連れが二組、静かに向かいあっているばかりだ。

冷や酒を、わたしはすすった。サトルさんは黙っている。ラジオが、野球の試合の結果を放送していた。

「巨人、逆転したな」サトルさんがつぶやいた。ひとりごとらしい。わたしは店の中を見渡した。誰かが忘れていったらしい傘が、何本か、傘立てにある。この数日、雨は一滴も降っていなかった。

リー、リー、という音が足元からのぼってきた。野球放送の中の音かと思ったが、どうやら虫の音《ね》らしい。しばらく、リーリー、とつづいて、それから止《や》む。止んだかと思うと、また鳴きはじめる。

「虫が」湯気のあがっているえだ豆の皿をサトルさんが渡してくれたときに、わたしは言った。

「こおろぎかねえ。今朝からどっかにいるんだよ」サトルさんは答えた。

「お店の中の、どこかに？」

「そう、コンクリの、排水口のあたりかねえ。いるらしいんだよ、一匹」

サトルさんの声にあわせるように、こおろぎは、リーリーと鳴いた。

「センセイがさ、風邪ひいたって言ってたけど、だいじょうぶかね」

「え」

「先週さ、宵の口に来たときにえらく咳《せき》こんでて。それから一度も来ないから」サトルさんはまな板をとんとんいわせながら、言った。

「一回も、来ないんですか」わたしは聞いた。自分の声が、いやにかん高い。違う人間が喋《しゃべ》っているみたいに聞こえる。

「うん」

こおろぎが、リーリーと鳴いている。わたしは自分の動悸《どうき》を聞いていた。からだの中を伝ってくる血流の音を、じっと聞いていた。動悸はしだいに高まる。

「だいじょうぶかね」サトルさんはわたしの顔をちらりと見た。わたしは何も答えずに、黙っていた。

こおろぎがリーリーと鳴いている。それから、鳴き止む。わたしの動悸は静まらない。からだの中を、高く鳴り響いてゆく。

サトルさんは、いつまでも、まな板の上で包丁をとんとんいわせている。こおろぎが、また鳴きだした。

ほとほとと、扉を叩《たた》いた。

十分以上も、センセイの家の門の前をうろうろしたあげくである。

呼び鈴を鳴らそうとしても、指がこおりついたようになってしまう。次には庭にまわって縁側から顔をだそうとしたが、雨戸がきっちりとたてられている。

雨戸越しに気配をうかがったが、こそりとも音がしない。裏にまわると、台所の明かりが小さく点《つ》いているので、いくらか安心した。

「センセイ」と玄関の扉越しに呼びかけてみたが、むろん答えはない。答えがあるような、大きな声など、出せやしない。

何回か「センセイ」と言ったが、声は夜の闇《やみ》に吸われてゆく。それで、ほとほと、扉を叩いている。

廊下を踏む足音がした。

「どなた」と、声がする。しゃがれた声だ。

「わたしです」

「わたし、じゃわかりませんよ、ツキコさん」

「わかってるじゃないですか」

言いあっている間に、扉がぎいと開いた。センセイが、縞《しま》のパジャマのズボンの上に「I♡NY」と書かれたTシャツを着て、立っていた。

「どうしたんです」センセイは落ち着きはらって、聞いた。

「あの」

「こんな夜中にご婦人が男性を訪ねたりするものじゃありません」

いつものセンセイだ。顔を見たとたんに、私の膝《ひざ》から力が抜けてしまう。

「何言ってるんですか、酔っぱらうと自分から誘うこともあるくせに」

「今日はワタクシはちっとも酔っぱらっておりませんからね」

ついさっきまで一緒にいたかのような口調だ。センセイから遠ざかろうとしたこの二カ月が、なかったような気分になってきてしまう。

「病気だってサトルさんが」

「風邪はひいておりましたが、ワタクシはいたって元気ですよ」

「なんでそんなへんなTシャツ着てるんですか」

「孫のお古です」

センセイとわたしは、まっすぐに見あった。センセイの髭《ひげ》が、のびている。白い不精髭だ。

「ときにツキコさん、おひさしぶりですね」

センセイは目を細めた。センセイが目をそらさないので、わたしもそらせなくなる。センセイがほほえんだ。ぎこちなく、わたしもほほえんだ。

「センセイ」

「なんですか、ツキコさん」

「お元気なんですね」

「ワタクシが死んでいるとでもお思いでしたか」

「思ってました、ちょっと」

センセイは、声を出して笑った。わたしも笑った。しかし笑いはそのまま収束してしまう。死ぬ、なんて言葉を使わないでください、センセイ。わたしはそう言いたかった。でもツキコさん、人は死ぬものです。そのうえワタクシの年齢であると、死ぬ確率はツキコさんよりもはるかに高い。これは道理です。センセイは答えるにちがいなかった。

いつだって、死はわたしたちのまわりに漂っている。

ちょっとおあがりなさい、とセンセイは言った。お茶でも一杯。そう言いながら、奥のほうへ歩いていった。「I♡NY」の小さなロゴが、センセイのシャツの背中にもプリントされている。アイラブニューヨーク。ロゴを読みながら、わたしは靴を脱いだ。

センセイ、パジャマなんか着るんですね。寝巻じゃないんですね。つぶやきながらセンセイのあとを歩いていると、センセイが振り向いた。ツキコさん、ワタクシの被服生活に文句をつけないでください。はい、とわたしが小さく言うと、センセイは、よろしい、と言った。

　家の中は、しんとしめっていた。奥の八畳間に布団《ふとん》が敷きっぱなしになっている。センセイはゆっくりとお茶を淹《い》れ、ゆっくりと給仕してくれた。長い時間をかけて、わたしは一杯のお茶を飲んだ。

　幾度か「センセイ」、とわたしは呼びかけた。「なんですか」、とそのたびにセンセイは答えた。なんですか、の後には、わたしは何も言えないのに、それでも何回も「センセイ」と呼びかけた。それしかできなかった。

　お茶を飲みおわると、わたしはいとまを告げた。

「どうぞお大事に」ていねいに玄関で頭を下げた。

「ツキコさん」センセイが、こんどは呼びかけた。

「はい」わたしは顔をあげ、センセイの顔をじっと見た。頬が削《そ》げて、髪も乱れている。目ばかりが、光っていた。

「気をつけて、帰るんですよ」しばらくの沈黙のあとに、センセイは言った。

「だいじょうぶですってば」わたしは答え、自分の胸をとんと叩いてみせた。

門まで出るというセンセイをおしとどめて、わたしは玄関の扉を閉じた。半月が、空にかかっている。庭で何十もの虫が、リーリーチーチー鳴いている。

よくわからないや。

わたしはつぶやいて、センセイの家を後にした。

もう、どうでもいいや。恋情とかなんとか。どっちでもいいや。ほんとうに、どちらでもよかった。センセイが、元気でいてくれれば、よかった。もう、いい。もう、センセイに、何かを望むのはやめる。そう思いながら、わたしは川沿いの道を歩いた。

川が流れていた。静かに、海をめざして、流れていた。今ごろセンセイはTシャツにパジャマのズボンという恰好《かっこう》で、布団にもぐりこんでいるだろうか。戸締りはきちんとしているだろうか。台所の電気は消しただろうか。火の元は確かめただろうか。

「センセイ」とわたしは小声で、ため息のかわりに、言った。

「センセイ」

川からは秋の夜の空気がたちのぼってくる。センセイおやすみなさい。I♡NYのTシャツ、けっこう似合ってましたよ。風邪がすっかりなおったら、飲みましょう。

サトルさんの店で、もう秋だからあたたかいものをつまみに、飲みましょうね。

何百メートルかへだてた場所に今いるセンセイに向かって、わたしはいつまでも話しかけた。川沿いの道をゆっくりと歩きながら、月に向かって話しかけるような気分で、いつまでも、話しかけつづけた。

公園で

デートに誘われた。センセイに、誘われた。

デートなんていう言葉を使うのも恥ずかしいし、センセイとは二人で旅行にも行った仲（「仲」というような仲には、むろんなれなかったのだが）だし、デートといったって美術館に古い書を見に行くという、学生時代の修学旅行のような内容のものらしいのだが、しかし兎《と》にも角にもデートである。なにより、センセイみずからが「ツキコさん、デートをいたしましょう」と言ったのである。

サトルさんの店で酔った勢いで、というのではない。道でばったりと会ってついでに、というのでもない。券を二枚たまたまもらったから、というのでもなさそうだ。わざわざ電話をかけてきて（センセイがわたしの電話番号を知っていたとは）、用件のついでではなく、単刀直入に「デートをいたしましょう」である。電話線を通したセンセイの声は、いつもよりも甘く響いた。音が、少しくぐもるからだろうか。

土曜日の、昼下がりに待ちあわせた。ここいらへんの駅ではない。電車を二本乗り継いだ、美術館のある駅の前である。センセイはなんでも午前中に一つ所用があって、その足で美術館のある駅へと向かうらしい。

「あの駅は広いので、ツキコさんが迷子になってしまうのではないかとちょっと心配なのですが」とセンセイは電話の向こうで、笑った。

「迷子になんかなりませんよ。もうそういう歳《とし》じゃありません」とわたしは答え、次になんと続ければいいのかわからなくて、黙った。たとえば小島孝とする電話は（小島孝とは会うよりも電話の方が頻繁だ）あんなに気安いのに、センセイとの電話はこんなに身を固くさせる。店で隣どうしに座ってサトルさんの動きを眺めながらの会話ならば、沈黙があってもいくらでも間がもてるのだ。しかし電話となると、沈黙は沈黙そのものになってしまう。

あの。はい。ええと。そんな音ばかり発しながら、わたしはセンセイとの電話の時間を過ごした。だんだんに声が小さくなっていって、センセイと話しているのは嬉《うれ》しいのに、早く電話がおしまいになればいいとばかり思っていた。

「それではツキコさん、デートを楽しみにしております」とセンセイは締めくくった。はい。かすかな声で、わたしは答えた。土曜日の一時半に、改札口で。時間厳守。雨天決行。それではその時に。ごきげんよう。

電話が切れると、わたしはぺったりと床に座りこんだ。手に持った受話器の中から、プー、プー、という音が小さく聞こえてくる。しばらく、その姿勢のままでいた。

土曜日は晴れていた。秋にしては暑い日で、少し厚めの長袖《そで》のシャツが暑く感じられた。この前の旅行に懲《こ》りて、わたしは着慣れないワンピースだのハイヒールだのは身につけないことにした。長袖のシャツに、コットンパンツ。履物はローファー。男の子みたいですね、とセンセイに言われそうな気もしたが、かまやしない。

センセイの意向を気にすることを、わたしはもう止《や》めたのだ。つかず。離れず。紳士的に。淑女的に。淡い交わりを。そうわたしは決めたのだ。淡く、長く、何も願わず。いくらわたしが近づこうと思っても、センセイは近づかせてくれない。空気の壁があるみたいだ。いっけん柔らかでつかみどころがないのに、圧縮されると何ものをもはねかえしてしまう、空気の壁。

よく晴れている。椋鳥《むくどり》が電線にぎっしりとまっていた。夕刻になると集まってくるものだと思っていたが、このあたりの電線には、まだ昼だというのに、ずいぶんとたくさん並んでとまっている。鳥の言葉なのだろうか、何ごとかを鳴きかわしている。

「よく騒ぐことですね」突然声が降ってきたと思ったら、センセイだった。こげ茶色の上着を着ている。ベージュの無地の木綿のシャツ。薄茶色のズボン。センセイはいつもなかなかにお洒落《しゃれ》だ。ループタイなどは、絶対にしない。

「なんだか楽しそう」わたしが言うと、センセイはしばらく椋鳥の群れを眺め上げていた。それから私を見て、ほほえんだ。

「行きましょうか」センセイは言った。はい。私は下を向いて答えた。ただの「行きましょうか」という言葉なのに、いつものセンセイの声なのに、妙に気持ちが騒いだ。

入場券をセンセイが買った。わたしがお金を渡そうとすると、センセイは首を横に振った。いいんですよ、ワタクシが誘ったのですから。そう言いながら、お金を押し戻した。

わたしたちは、並んで美術館に入場した。中はあんがい混んでいた。平安だの鎌倉だのの時代の、ぜんぜん読めないような書に、こんなに多くの人たちが興味を持っているらしいことに、わたしは驚いた。じいっと、センセイはガラス張りの中の巻紙や掛け軸を眺めている。わたしはそのセンセイの背中を眺める。

「ツキコさん、これはまたかわいらしいものですねえ」とセンセイが指さした先には、薄墨で書かれたひらひらした字の手紙らしきものが置いてあった。ぜんぜん読めない。

「センセイは読めるんですか、これ」

「ああ、じつはよく読めません」センセイは笑いながら言った。

「でも、いい字ですよ、まことに」

「そうなんですか」

「ツキコさんだって、いい男を見たら、たとえその人と言葉が通じなくても『ああなんていい男』と思うでしょう。字だって同じことですよ」

はあ、とわたしは頷《うなず》いた。それではセンセイもいい女を見たら「ああなんていい女」などと思うのだろうか。

二階の特別展示を見て、ふたたび一階に戻って常設展示も見て、すると二時間がたっていた。さっぱりわけのわからない書だったが、センセイの、「いい字ですねえ」だの「この字は、少しばかり下世話です」だの「雄渾《ゆうこん》、というのでしょうかこれは」だのいうつぶやきを聞いているうちに、だんだんわたしも面白くなってきた。街のカフェに座って道ゆく人を眺めながらこっそりと品定めをするように、平安やら鎌倉やらの書に、「いい感じ」「ちょっと引くかなこりゃ」「昔つきあった人と雰囲気が似てるな」などと勝手な印象をつけては、愉《たの》しんだ。

わたしとセンセイは、階段の踊り場にあるソファに腰かけた。目の前を、幾人もの人が通りすぎる。ツキコさん、退屈ではなかったですか。センセイが聞いた。いいえ、とっても面白かった。わたしは目の前を通りすぎる人たちの腰のあたりを見ながら、答えた。センセイの体から、センセイのあたたかみが放射されてくる。気持ちが、また騒いだ。スプリングの悪いごわごわしたソファが、世にも居心地いいものに感じられた。センセイとこうして一緒にいることが、嬉しかった。ただ、嬉しかった。

「ツキコさん、どうかしましたか」センセイが、わたしの顔を覗《のぞ》きこみながら聞いた。わたしはセンセイの横を歩きながら、「期待は厳禁、期待は厳禁」とつぶやいていたのだ。小さいころ読んだ『飛ぶ教室』の主人公の少年がつぶやく、「泣くこと厳禁、泣くこと厳禁」という言葉を真似《まね》て。

センセイとこんなに近く並んで歩くのも、もしかしたら初めてかもしれない。たいがい、センセイが先に立つか、わたしがさっさと行ってしまうか、どちらかだった。前から人が歩いてきたりすると、わたしたちは左右に離れて、人の通る隙間《すきま》をお互いの間につくった。人が通りすぎてしまうと、ふたたびわたしたちは近くに並ぶ。「ツキコさん、そっち側に行かないで、ワタクシの方にいらっしゃい」何回めかに前から人が来たときに、センセイが言った。それでもわたしはセンセイから離れて「そっち側」に行った。どうしても、センセイに寄り添っていくことはできなかった。

「そんな振り子みたいな動きかたをするのは、およしなさい」

ついにセンセイは、「そっち側」に行こうとするわたしの腕をとった。ぐい、とひっぱる。強い力ではなかったが、わたしがセンセイから離れようとするので、ひっぱられたように感じる。

「並んで、共に歩きましょう」センセイはわたしの腕をとったまま、言った。はい、とわたしは下を向いて答えた。生まれて初めて男の子とデートしたときの千倍くらい緊張している。センセイはわたしの腕をとったまま、歩いてゆく。街路樹の葉がわずかに紅葉しはじめていた。連行されているみたい、と思いながら、わたしはセンセイと並んで歩いた。

美術館は大きな公園の中にある。左に行けば博物館があり、右に行けば動物園だ。午後遅くの日が、センセイの上半身に射《さ》していた。子供が、ポップコーンを道にまいている。まいたとたんに、何十羽もの鳩《はと》が群がり寄ってくる。子供は驚きの声を発した。鳩は子供のてのひらの中にあるポップコーンをもつつこうとして、子供の体のまわりを飛びまわっている。子供は半泣きのまま立ちつくしていた。

「なかなか積極的な鳩ですね」センセイが、のんびりと言った。ここらで座りましょうか。そう言いながら、センセイはベンチに腰かけたのだ。わたしも、センセイに一瞬遅れて、腰をおろした。夕刻の日差しが、わたしの上半身にも射している。

「泣くでしょうか、あの男の子は」センセイは興味しんしんといった様子で身をのりだしている。

「泣かないんじゃないかな」

「いや、男の子は、泣き虫が多いですから」

「反対じゃないんですか」

「いいえ、女の子よりも男の子の方が、よほど弱虫です」

「センセイも、小さいころは弱虫だったんですか」

「今だって、ずいぶんと弱虫ですよ」

　男の子は、あんのじょう泣きだした。鳩が、頭のてっぺんにまでとまりに来たのだ。母親らしき女性が、笑いながら男の子を抱きあげた。

「ツキコさん」センセイが、わたしの方へと向きなおった。向きなおられて、かえってわたしはセンセイの方を向けなくなってしまう。

「ツキコさん、この前は、島行きにつきあって下さってありがとうございました」

　はあ、とわたしは答えた。島のことは、あまり思い出したくなかった。「期待は厳禁、期待は厳禁」という言葉は、あのとき以来わたしの頭の中で鳴り響くようになったのだ。

「ワタクシは、その、昔からぐずで」

「ぐず」

「動作や反応ののろい子供のことを、ぐず、と言いませんでしたか」

センセイは、しかしぐずぐずした人間には見えない。いつもきっぱりと、てきぱきと、背筋をのばしているように、しか見えない。

「いいえ、ワタクシはこれで、かなりなぐずなのですよ」

鳩にたかられていた子供は、母親に抱かれると、ふたたびポップコーンをまき始めた。

「懲りない子供ですね」

「子供は、たいがい懲りないから」

「そうですね、そして、ワタクシも懲りない質《たち》みたいです」

ぐずで懲りない。いったいセンセイは何を言いだそうとしているのか。そっとセンセイの方を窺《うかが》うと、センセイは背筋をあいかわらずぴんとのばして、子供を眺めていた。

「島では、まだワタクシはぐずぐずと考えていたのです」

子供に、また鳩がたかりだす。母親が子供を叱《しか》った。母親にも、鳩はとまろうとしている。母親は子供を抱いたまま、鳩の群れの中から抜け出そうと移動した。しかし子供がポップコーンをまき続けるので、鳩はそのまま母子《ははこ》についてゆく。鳩でできた大きな絨毯《じゅうたん》を引きずって動いているみたいに見えた。

「ツキコさん、ワタクシはいったいあと、どのくらい生きられるでしょう」

突然、センセイが聞いた。センセイと、目が合った。静かな目の色。

「ずっと、ずっとです」わたしは反射的に叫んだ。隣のベンチに座っている若い男女が驚いてふり向いた。鳩が何羽か、空中に舞い上がる。

「そうもいきませんでしょう」

「でも、ずっと、です」

センセイの右手がわたしの左手をとった。センセイの乾いたてのひらに、わたしのてのひらを包むようにする。

「ずっと、でなければ、ツキコさんは満足しませんでしょうか」

え、とわたしは口を半びらきにした。センセイは自分のことをぐずだと言ったが、ぐずなのはわたしの方だ。こういう話をしているときなのに、しまりなく半びらきになるわたしの可哀相《かわいそう》な口。

いつの間にか母子は姿を消していた。日が暮れかかっている。闇《やみ》の気配が薄く薄くしのびようとしていた。

「ツキコさん」と言いながら、センセイが左手のひとさし指の先っぽを、わたしのひらいた口の中にひゅっとさし入れた。仰天して、わたしは反射的に口を閉じた。センセイはわたしの歯の間にはさまれる前に、素早く指を引き抜いた。

「何するんですかっ」わたしはふたたび叫んだ。センセイはくすくす笑った。

「だって、ツキコさんがあんまりぼうっとしているから」

「センセイが言ったことを真面目《まじめ》に考えてたんじゃありませんか」

「ごめんなさいね」

ごめんなさいね、と言いながら、センセイはわたしを抱き寄せた。

抱き寄せられたとたんに、時間が止まってしまったような感じがした。

センセイ、とわたしはささやいた。ツキコさん、とセンセイもささやいた。

「センセイ、センセイが今すぐ死んじゃっても、わたし、いいんです。我慢します」

そう言いながら、わたしはセンセイの胸に顔を押しつけた。

「今すぐは、死にませんよ」センセイはわたしを抱き寄せたまま、答える。声が、くぐもっている。電話を通して聞いたセンセイの声そっくりだった。くぐもった、甘い声。

「綾とは、的確な表現を使いましたね」

「言葉の綾《あや》です」

「ありがとうございます」

抱きあったまま、わたしたちはまだていねいな言葉づかいをしていた。

鳩が、木のかたまって生えているあたりをめざして、つぎつぎに飛びたってゆく。上空を、からすの群れがぐるぐるとまわっている。かあ、かあ、とよく響く声で鳴きかわしている。闇がだんだんに濃くなってくる。隣のベンチの若い男女の輪郭が、ぼんやりとしかとらえられない。

「ツキコさん」と言いながら、センセイはまっすぐに座りなおした。

「はい」と、わたしも背中をまっすぐにたてなおした。

「そういうわけで」

「はい」

しばらく、センセイは沈黙した。うす暗くて、センセイの顔が見えにくい。ベンチは街灯からいちばん遠い位置にあった。センセイは何回か咳《せき》払いをした。

「そういうわけで」

「はい」

「ワタクシと、恋愛を前提としたおつきあいをして、いただけますでしょうか」

はあ？　とわたしは聞き返した。センセイ、それ、どういう意味ですか。もう、わたし、さっきからすっかりセンセイと恋愛をしている気持ちになってるんですよ。

遠慮も何も忘れて、わたしは早口でまくし立てた。ずっと前からわたしがセンセイのこと好きだっていうこと、センセイだってすでにじゅうぶんご存知でしょ。なんなんですか、その、前提っていう、妙なのは。

からすが近くの枝で、かあ、と大きな声をたてた。わたしは驚いて、一瞬ベンチから飛びあがった。かあ、とからすはもうひと鳴きした。センセイが、ほほえんだ。ほほえみながら、わたしのてのひらをふたたびセンセイのてのひらで包む。

わたしはセンセイにかじりついた。わたしの方から、センセイの腰にあいた方の手をまわし、体を押しつけ、センセイの上着の胸のあたりの匂《にお》いをすいこんだ。かすかなナフタリンの匂いがする。

「ツキコさん、そんなにくっつくと、ワタクシは恥ずかしいです」

「さっきはセンセイから抱き寄せてくれたのに」

「あれは、一世一代の決心でした」

「でも、センセイの抱き寄せかた、なれてました」

「そりゃあ、ワタクシはかつて結婚もしておりましたし」

「じゃあ、こうしていても恥ずかしいことなんて、ないんじゃないですか」

「人前ですから」

「暗くなってきたから、見えません」

「見えますよ」

「見えません」

わたしはセンセイの胸の中で、ほんの少し泣いた。泣いていることを悟られないよう、鼻声に気づかれないよう、センセイの上着にぎゅっと顔を押しつけて、ぼわぼわと喋《しゃべ》った。センセイは、静かにわたしの髪を撫《な》でている。

前提、いいですとも。わたしはぼわぼわと喋りつづけた。前提で、おつきあいしてさしあげましょう。ぼわぼわと、わたしは言う。

それはようございました。ツキコさん、あなたはいい子ですね。センセイもぼわぼわと言う。初めてのデートは、いかがでしたか。

なかなか、よかったです、とわたしが答え、また、デートして下さいますか、とセンセイが聞く。暗闇がわたしたちの上に、静かにふりそそいでくる。

いいですとも、前提というものもありますし。

それじゃあ、次はどこに行きましょうか。

ディズニーランドなんか、いいですね。

デズニー、ですか。

ディズニー、です、センセイ。

はあ、ディズニー、ですね。しかしひとごみはワタクシはちょっと。

でも、わたし、行きたいです、ディズニー。

デズニーに、それでは、行きましょうか。

デズニーじゃないですってば。

ツキコさん、あなたなかなか厳しいんですね。

闇がわたしたちをとりまき、わたしたちはぼわぼわと話しつづける。からすも鳩も、巣へ帰っていったらしい。センセイの乾いてあたたかな腕に包まれて、わたしは、笑いたいような泣きたいような気持ちだった。けれど笑いもせず泣きもしなかった。わたしはただひっそりと、センセイの腕の中におさまっていた。

センセイの鼓動が、上着越しにかすかに伝わってくる。闇の中で、わたしたちは、ただ静かに座っていた。

センセイの鞄《かばん》

珍しく、明るいうちにサトルさんの店に入った。

初冬の明るい時間だから、まだ五時も前である。出先から直接帰ることにして、会社には寄らなかったのだ。思いがけず用件が早く済んで、すると以前ならばデパートでもひとのぞき、だったのが、サトルさんの店に行ってセンセイを呼び出そうか、という頭になった。センセイと「正式におつきあい」（センセイの言葉である）しはじめてから、そうなった。それでは「おつきあい」の前ならばどうだったかというと、センセイを呼び出しこそしなかったが、同じくサトルさんの店に来て、明るいうちから一人でだらだらと愉《たの》しく酒を飲みつつ、センセイが来ないかどうか胸高鳴らせる、というなりゆきだったろう。

たいした変化はない。待っているか待たずにすむか。その違いだ。

「そう言ったって、待つのがこれで、なかなかつらいことなんじゃないの」と、サトルさんがカウンターの向こうで刻みものから顔をあげながら言った。まだ準備できてないんだけど、と言いながら、店の前に水を打っていたサトルさんは、暖簾《のれん》をあげていない店の中にわたしを招じ入れてくれたのだ。

そのへん、座ってて。三十分くらいしたら店開けるから。そう言いながらサトルさんは、ビールを一本とコップと栓抜きと手塩皿にのせた味噌《みそ》を、わたしの目の前に置いた。栓、自分で抜いてね。せっせとまな板の上で包丁を動かしながら、サトルさんは言った。

「待つのも、けっこういいものです」

「そういうもんかな」

ビールが体の中を下りていった。しばらくたつと、下りていった道すじがほんのりとあたたまる。味噌をひとなめ。麦味噌だ。

電話使いますね、とことわって、わたしは携帯電話をバッグから出し、センセイの番号を押した。センセイの家の電話の番号を押そうか、それともセンセイの携帯電話の番号を押そうか、少し迷ったすえ携帯電話を選んだ。

呼び出し音が六回鳴ってから、センセイが出た。出たといっても、沈黙のままだ。最初の十秒ほど、センセイは黙っていた。声が届くのに微妙なずれがあるからという理由で、センセイは携帯電話を嫌っていたのだ。

「携帯電話じたいには特に文句もありません。人さまの前で独り言を大声で言っているように見える、あの様子だって、興味深いものです」

「はあ」

「しかしそれだからといって、ワタクシが携帯電話を使うのを良しとするかといえば、それは難しいところです」

センセイに、携帯電話を持つよう勧めたときの会話である。

以前ならば携帯電話を持つことなど言下に否定しただろうが、わたしが是非にと勧めたもので、無下に否定できなかったのだ。そういえば昔つきあっていた男の子は、わたしと意見が違うと、まっこうから否定しにかかったものだったが、センセイにはそういうところがなかった。これを優しさと言うべきか。センセイの場合、優しみは公平であろうとする精神から出《い》ずるように見えた。わたしに優しくしよう、というのではなく、わたしの意見に先入観なく耳を傾けよう、という教師的態度から優しさが生まれてくる。ただ優しくされるよりも、これは数段気持ちのいいことだった。

ちょっとした発見だった。理由なく優しくされるのは、居心地が悪い。しかし公平に扱われるのは、気分がいい。

「何かあったときに、安心だから」わたしは理由をつけた。とたんにセンセイは目を

大きく見開き、

「何か、とは」と聞き返したものだった。

「何か、です」

「だから、何ですか」

「その、たとえば両手に荷物をいっぱいに持っているときに突然雨が降ってきて、近くには公衆電話はないし、借りている店の軒先には人があふれてくるし、早く家に帰らなくてはならないし、なんていうときとか」

「ツキコさん、ワタクシはそういうときは濡《ぬ》れて帰ります」

「濡れると困る荷物かもしれないし。水に濡れると発火するタイプの爆弾とか」

「そのようなものは、ワタクシは買いません」

「軒先に危険人物がいるかもしれないし」

「危険人物がいる可能性は、軒先でもツキコさんと一緒に歩いているときでも、同じです」

「途中で濡れた歩道に滑るかもしれないし」

「ツキコさんのほうが、よくころぶでしょう。ワタクシは山で鍛えてますから」

センセイの言うことが、いちいち正しかった。わたしは黙って下を向いた。

「ツキコさん」しばらくして、センセイが静かに言った。

「わかりました、携帯電話を、持つことにいたしましょう」

え、とわたしは聞き返した。センセイはわたしの頭のてっぺんを撫《な》でながら、

「年寄りはいつ何があるか知れませんからね」と答えた。

「年寄りじゃありません、センセイは」矛盾したことを言う。

「そのかわり」

「え」

そのかわりツキコさん、ケイタイという呼び方はしないでください。携帯電話、そう言ってください。必ず。ケイタイという呼び方は気持ち悪いのです、ワタクシは。

それで、センセイは携帯電話を持つようになった。ときどき、わたしから練習のためにかけた。センセイからかかってきたことは、結局一回しかない。

「センセイ」

「はい」

「あの、サトルさんのお店に、います」

「はい」

センセイは「はい」しか言わない。いつものことだが、携帯電話だとそれが顕著に

なった。

「いらっしゃいますか」

「はい」

「うれしい」

「同じくです」

ようやく「はい」以外の言葉が出た。サトルさんがにやにやしている。そのままカウンターから出てきて、サトルさんは暖簾をかけに行った。わたしは味噌を指ですくって、なめた。おでんを煮返す匂《にお》いが、店の中に満ちていた。


ひとつ、案じていることがあった。

センセイと、まだ、体をかさねていなかった。

たとえばすでにその到来の影を感じている更年期障害のことを案ずるように、健康診断のたびに気にかかる肝臓のガンマGTP値のことを案ずるように、わたしは案じていたのである。人間の体の営みは、脳下垂体も内臓も生殖器もひとしなみなのである。そのことを、わたしはセンセイの年齢というものを通じて、知るようになった。

案じているが、不満を感じているわけではなかった。かさねていないならば、いないまでのことだ。しかしセンセイのほうはどうかといえば、わたしとは違った感じ方をしているらしかった。

「ツキコさん、ワタクシは、ちょっと不安なのです」と、いつかセンセイが言った。

センセイの家で、湯豆腐を食べていたときのことである。昼間っから、アルマイトの鍋《なべ》でセンセイがつくってくれた湯豆腐をさかなに、ビールを飲んでいた。鱈《たら》も春菊も入っている湯豆腐だった。わたしのつくる湯豆腐は、豆腐だけである。こうやって知らない人間どうしが馴染《なじ》んでゆくのだな、などと昼酒でぼんやりした頭で思っていた。

「不安？」

「その、長年、ご婦人と実際にはいたしませんでしたので」

あ、とわたしは口を半開きにした。センセイに指を入れられないよう気をつけながら。油断すると、いつか以来センセイはすぐにわたしの半開きの口に指をちょっとさし入れるようになっていた。思っていたよりも、ふざけ好きなのだ。

「いいですよ、そんなもの、しなくて」わたしはあわてて言った。

「あれは、そんなもの、でしょうか」真面目《まじめ》な表情である。

「そんなもの、ではありませんね」正座しなおしながらわたしが答えると、センセイも真面目に頷《うなず》いた。

「ツキコさん、体のふれあいは大切なことです。それは年齢に関係なく、非常に重要なことなのです」昔教壇で平家物語を読み上げたときのような、毅然《きぜん》とした口調だ。

「でも、できるかどうか、ワタクシには自信がない。自信がないときにおこなってみて、もしできなければ、ワタクシはますます自信を失うことでしょう。それが恐ろしくて、こころみることもできない」平家物語は続いた。

「まことにあいすまないことです」平家物語をしめくくりながら、ふかぶかとセンセイは頭を下げた。わたしも正座したまま頭を下げた。

あの、お手伝いしますから。こころみてみましょう、近いうちに。そう言いたかったが、センセイの厳粛さに気圧《けお》されて、言えなかった。センセイそんなこと気にすることないです、とも言えなかった。そんなことよりいつものようにキスしたりぎゅうっとするだけでいいんです、とも言えなかった。

何も言えなかったので、センセイのコップにビールをついだ。センセイは喉《のど》を見せて飲みほし、わたしは鍋の鱈をすくった。春菊が鱈にくっついてきて、緑と白の対照がきれいだった。センセイこれきれい、と言うと、センセイはほほえんだ。それからわたしの頭のてっぺんを、いつものように何回か撫ぜた。

わたしたちは、いろいろなところでデートをした。デートという言葉は、センセイの好んだところの言葉だ。

「デートいたしましょう」とセンセイは言った。近くに住んでいるのに、必ずデートする場所の最寄《もよ》りの駅で待ち合わせる。その駅までは別々である。待ち合わせの場所に行く途中の電車の中でばったり会ったりすると、おやおやツキコさんこれはひょんなところで、などとセンセイはつぶやいた。

いちばんよく行くのは、水族館だった。センセイは魚が好きだったのだ。

「魚類図鑑を眺めるのが、小さいころの楽しみでした」センセイは説明した。

「小さいころって、いくつくらいのころですか」

「小学校くらいでしょうか」

センセイが小学生だったころの写真を見せてもらったことがある。セピア色に褪《あ》せている写真の中で、水兵帽をかぶったセンセイがまぶしそうに目を細めていた。

「かわいい」とわたしが言うと、センセイは頷いた。

「ツキコさんは今でもかわゆございます」

まぐろやかつおの回遊水槽の前に、わたしとセンセイは佇《たたず》んだ。一方向にぐるぐるまわっている魚たちを見ていると、ずいぶん前にもセンセイとこうして二人で佇んでいたことがあったような心もちになってきた。

「センセイ」とわたしは呼びかけてみた。

「なんですか、ツキコさん」

「センセイ、好き」

「ワタクシも、ツキコさんが好きです」

真面目に言い合った。わたしたちは、いつでも真面目だった。ふざけているときだって、真面目だった。そういえば、まぐろも真面目だ。かつおも真面目。生きとし生けるものはおおかたのものが真面目である。

ディズニーランドにも、むろん行った。夜のパレードを見ながら、センセイは少し泣いた。わたしも泣いた。二人で、たぶん、べつべつのことを思いながら、泣いた。

「夜の光というものは、ものがなしいものですな」センセイは真っ白い大きなハンカチで鼻をかみながら、言った。

「センセイも泣くことがあるんですね」

「年寄りは涙腺《るいせん》がゆるいものと相場が決まってます」

「センセイ、好き」

センセイは答えなかった。じっとパレードを見ている。横顔が光に照らされて、センセイの目がおちくぼんで見える。センセイ、とわたしは言ったが、センセイは何も答えなかった。もう一度、センセイ、と言っても、答えなかった。センセイの腕に自分の腕を固くからめて、わたしもミッキーや小人たちやスリーピングビューティーをじっと見た。

「デート、楽しかったです」とわたしは言った。

「ワタクシも、楽しかったです」ようやく答えてくれた。

「また、誘ってください」

「誘います」

「センセイ」

「はい」

「センセイ」

「はい」

「センセイ、どこにも行かないでくださいね」

「どこにも行きませんよ」

パレードの音楽がひときわ大きく響いて、小人たちが跳ねた。やがて行列は遠ざかっていった。わたしとセンセイは闇《やみ》の中に残された。行列の最後尾のミッキーが、腰を振りながら、ゆっくりと歩いていった。わたしとセンセイは、闇の中で手をつないだ。それから、少しだけ身震いした。

一度だけ、センセイが携帯電話をかけてくれたときの話をしようか。

センセイの背後がざわめいているので、携帯電話で話していることがわかった。

「ツキコさん」とセンセイは言った。

「はい」

「ツキコさん」

「はい」

いつもと、反対だ。わたしが「はい」ばかり言っていた。

「ツキコさんは、ほんとうに、いい子ですね」

「え」

それだけ言って、センセイは突然電話を切った。すぐにわたしからかけなおしたが、出なかった。二時間ほどしてからセンセイの家に電話すると、こんどはセンセイは落ちつきはらった声で出てきた。

「さっきの、どうしたんですか」

「いや、急に思いたちまして」

「どこから電話なさってたんですか」

「駅前の八百屋の横です」

やおや？　とわたしは聞き返した。八百屋で、大根とほうれんそうを買いまして、などとセンセイは答えた。

わたしが笑うと、センセイも電話の向こうで笑った。

「ツキコさん、今からいらっしゃい」突然センセイが言った。

「センセイのおうちへですか」

「はい」

わたしは急いではぶらしとパジャマと化粧水を鞄《かばん》に入れて、センセイの家まで小走りで行った。センセイは門のところに立って、わたしを迎えてくれた。そのまま手をつなぎあって八畳間に行き、センセイが布団《ふとん》を敷いた。わたしは布団にシーツをかぶせた。流れ作業みたいにして、寝床を用意した。

何も言わずに、センセイと布団の上に倒れこんだ。はじめてわたしはセンセイに、強く激しく抱かれた。

その夜はセンセイの家に泊まって、センセイの隣で眠った。朝になって雨戸を開けると、青木の実が朝日を受けてつやつやと光っていた。ヒヨドリが実をついばみにきていた。ギョー、ギョー、という声がセンセイの庭に響きわたった。センセイとわたしは肩を並べてヒヨドリを眺めた。ツキコさんはいい子ですね。センセイが言った。センセイ、好き。わたしは答えた。ヒヨドリが、ギョー、ギョー、と鳴いた。

遠いようなできごとだ。センセイと過ごした日々は、あわあわと、そして色濃く、流れた。センセイと再会してから、二年。センセイ言うところの「正式なおつきあい」を始めてからは、三年。それだけの時間を、共に過ごした。

あのころから、まだ少ししかたっていないのに。

センセイの鞄を、わたしは貰《もら》った。センセイが書き残しておいてくれたのである。息子さんという人はセンセイとはあまり似ていなかった。無言でわたしに向かって頭を下げた、そのときの体の角度が、センセイをちょっと思い出させた。

「父春綱が生前にお世話になったそうで」と、息子さんはふかぶかと頭を下げたのだ。春綱というセンセイの名を聞いて、わたしは涙があふれそうになった。それまではとんど泣かなかったのに。松本春綱という人が見知らぬ人みたいで、わたしは泣けたのだ。センセイにすっかり馴染む前に、センセイがどこかに行ってしまったことを思い知って、泣けたのだ。

センセイの鞄は、鏡台の横に置いてある。サトルさんの店には、ときどき行く。前ほど頻繁ではない。サトルさんは何も言わない。いつも忙しそうに動きまわっている。店の中は暖かいので、わたしはときどき居眠りをしてしまう。お店でそんなお行儀の悪いことをしてはいけません、とセンセイならば言うことだろう。

旅路はるけくさまよへば
破《や》れし衣の寒けきに
こよひ朗《ほが》らのそらにして
いとゞし心痛むかな

センセイに、いつか教わった伊良子清白《いらこせいはく》である。教わった詩とは違う詩を、わたしは声に出して部屋でひとり読んでみる。センセイがいなくなってから少し勉強したよ。そんなふうにつぶやいてみる。

センセイ、と呼びかけると、天井のあたりからときおり、ツキコさん、という声が聞こえてくることがある。湯豆腐には、センセイの影響を受けて、鱈と春菊を入れるようになりました。センセイ、またいつか会いましょう。わたしが言うと、天井のセンセイも、いつかきっと会いましょう、と答える。

そんな夜には、センセイの鞄を開けて、中を覗《のぞ》いてみる。鞄の中には、からっぽの、何もない空間が、広がっている。ただ儚々《ぼうぼう》とした空間ばかりが、広がっているのである。

解説

斎藤美奈子

『センセイの鞄』が出るまでの川上弘美は、もちろん文学好きの根強いファンがついていたとはいえ、「知る人ぞ知る」くらいの作家だった。『蛇を踏む』で芥川賞を受賞したのが一九九六年。『センセイの鞄』が出版されたのが二〇〇一年。その間の川上弘美はむしろ短編小説の作家であり、作風もリアリズム小説と幻想譚《たん》の境界線上くらいのところにあった。

それがっ！　それまでで一番長い小説、それも恋愛小説であるところの『センセイの鞄』で突如ブレイク。純文学としては異例のベストセラーとなり、谷崎潤一郎賞を受賞し、WOWOWでドラマ化もされ（演出・久世光彦／主演・小泉今日子＋柄本明）、今日の川上弘美の絶大なる人気の土台をつくったのだった。

この作品の何がそこまで読者を惹《ひ》きつけたのか。その理由はあとでゆっくり考えるとして、この本が出た当時の反響を先に振り返っておこう。

まず、単行本の帯にも引用された新聞の書評から。

〈川上弘美の最高傑作だと思う。ここには奇抜な趣向もない、凝った措辞もない、鏡花ばりのおどろおどろしい幻想綺想《きそう》もない。ただ、単純な言葉づかいで綴られたせつない愛の物語があり、そのそこかしこから、生きることのかけがえのない喜びと豊かさと美しさが、馥郁《ふくいく》と香り立っているばかりだ。ここ数年来、こんなすてきな小説を読んだことがない。〉（松浦寿輝「読売新聞」二〇〇一年八月五日）

手放しの賛辞である。メロメロな状態とは、こういうことをいうのだろう。

いっぽう、次のは酷評の例。週刊誌に載った匿名書評である。

〈『センセイの鞄』は恋愛小説ではない。恋愛小説には、生きた人間と現実の軋《きし》みが必要だが、この小説には、はなから、それが、ない。『蛇を踏む』にはまだあった、現実との接触は、とうに失われている。／主人公の「ツキコさん」は素直に「すっかり子供になっている」と告白している。子供に、恋愛はできない。／では、その「ツキコさん」と「恋愛」する「センセイ」の正体は何なのか。「センセイ」は実は「死人」なのだ。死んだ人間は、古い言葉や骨董《こっとう》と同じで、ただ愛玩すればいいのである。〉（〈虫〉「週刊朝日」二〇〇二年二月一日号）

見出しはなんと『『センセイの鞄』に涙するバカなオヤジたち」。読者には〈中高年のサラリーマン風〉が多く、〈しばらく小説から離れていたオヤジたちが、読んで、感動の涙を流す、という案配〉を受けての批評である。

余談だが、これがあまりに辛辣《しんらつ》な内容だったので、書き手としてクレジットされている〈虫〉とは誰かが話題になり、嫌疑は私にもかかって、「〈虫〉は斎藤ではないよ。批判するなら実名でやるから」という妙な釈明(？)を同じ「週刊朝日」誌上で私は書くハメになったのだが、それはそれとして川上さんと私はこのころ朝日新聞の書評委員会で月に二度ほど顔を合わせる間柄だった。〈虫〉の酷評に興味を持った彼女はうっすら笑みを浮かべながら私たちの前でそれを読み、そして「この書評は斎藤さんじゃないと思う」といった。「だって批判が的を外れてる」

おっとととと……。川上弘美、余裕の図、である。

賛辞に浮かれず、批判にも動じない。思うに、この作品の長所も欠点も、作者は十分わかっていたのではなかろうか。

ある本がベストセラーになる理由は、ざっくり捉《とら》えると意外に単純だったりする。本書にかんしていえば〈究極の癒《いや》し本は「寂しいお父さん」に効く物語だった〉(拙著『趣味は読書。』）という法則が当てはまるだろう。

そう、数々の書評が実証し、〈虫〉が図らずも指摘したように、『センセイの鞄』は多くの中高年男性を「舞い上がらせた」のである。

どこが「舞い上がらせた」のか、わざわざいうのも野暮ってものだろう。

七十歳がらみの男性が、三十歳以上も年下の女性と恋に落ちる。その恋愛はしかも、自分が仕掛けたのではなく彼女の側からはじまっており、若者たちの性急さとは異なるスローペースで進行し、にもかかわらず若い恋敵には勝ち、最終的には〈ワタクシと、恋愛を前提としたおつきあいをして、いただけますでしょうか〉と切り出すことで主導権を自らの手に奪取し、ずっと不安だった〈長年、ご婦人と実際にはいたしませんでしたので〉という点さえみごとにクリアし、高校生のカップルのような日々をすごして、静かに人生の幕を閉じるのである。

〈「まだ電気が残っているんですね」センセイは静かに言った。／「モーターを動かすほどの力はないが、ほんの少し生きてる」〉

そんな電池みたいな人生の、最後に訪れた日だまりのような暖かい時間。

これほど幸せな老年期があるだろうか。

いささか無粋なことをいえば、それが可能になったのは、彼が心身ともに並外れた健康に恵まれ、自分ひとりのために年金や預貯金を使うことができ、家族の呪縛《じゅばく》もなく、あらゆる意味での自由が確保できていたからだろう。さらにここが重要な点だが、「センセイ」と彼が呼ばれているように、二人は教師と教え子の関係で、彼に対する敬意が失われることはないのである。

六十代以上の男性が恋愛の対象として描かれるなど、それまでの小説では滅多になかった。あっても「スケベジジイ」の役柄だった。

センセイは枯れた老人だ。インテリだけど不器用だ。少し変人かもしれない。それでも年下の女性とのこんな関係が「あり」だとしたら……。「オレだってもしかしたら」と人生の下り坂にある男たちが夢想しても誰も責められまい。

実際、センセイのモデルは自分ではないのか……そんな幸福な誤解(でしょうおそらく)を勝手になさった幸福な「センセイ」がたすら文壇の内外にはいたらしく、私はおかしくてたまらなかった。たとえ誤解であろうとも、分別も教養もある大人の男性にそこまでの妄想を抱かせる。まさに小説の力である。

さて、とはいうものの、単行本の発行時から五年以上の時間が経過し、往時の喧噪《けんそう》が去ったいまこの本を読むと、かつての絶賛メロメロ書評も、ヤケッパチ気味の酷評も、なにかしっくりこない感じがしないだろうか。『センセイの鞄』はもっと静かな作品だ。作中のセンセイだったら、「世間の評判などワタクシたちには関係ございません。無視しましょう。よござんすね、ツキコさん」、そんな風にいいそうな気がする。この二人はベストセラー小説どころか、恋愛小説の主人公にも、まったくそぐわぬカップルなのだ。

この作品の魅力をひとつあげろといわれたら、それは清潔感だろう。

センセイとツキコさんに共通するのは、単身者としての矜持《きょうじ》である。家族との軋轢《あつれき》など、過去にはそれぞれ屈託があったこともほのめかされているものの、かたや退職した高校教師、かたや独身で一人暮らしの会社員。電話でアポイントを取りあうわけでも、別れ際《ぎわ》に次に会う約束をするでもない。行きつけの居酒屋でたまたま居合わせるか、道でばったり出くわす以外に二人の接点はなく、〈わたしたちは、お互いの酒やつまみに立ち入らないことを旨《むね》としている。注文は各々《おのおの》で。酒は手酌のこと。勘定も別々に〉という関係も清々《すがすが》しい。二人が連れ立って出かけるのはおよそデートらしくない場所ばかりだし、出かけても、お昼ご飯は手作り弁当でも洒落《しゃれ》たレストランでもない、豚キムチ弁当だ。

なるほど〈虫〉がいうように、そこに〈生きた人間と現実の軋み〉はない。あるいはこれが短編小説だったら、恋愛にすら発展しなかったかもしれない。

だが、ここが肝心、このような関係が、たとえばツキコさんと同世代の三十代女性にとって不快かといえば、おそらくそうでもないのである。

三十代以上の独身女性を指す「負け犬」という語は、『センセイの鞄』の刊行時にはまだ登場していなかった（それが流行したのは二年後の二〇〇三年だ）。しかし、ここには市井の独身女性がきわめて肯定的に描かれている。そして、センセイもまた、ときに元教師らしく彼女をたしなめることはあっても、ツキコさんに敬意をもって接している。単身世帯の老人と女性という、下手すると世間の同情を買いかねない男女が、百パーセントの自由人として描かれていること。性愛や結婚という生々しい現実が後背に退いた、茶飲み友達のような静かな恋愛。

「バカなオヤジたち」だけではなく、「聡明な女たち」もまた、そこから「癒し」を得たのではなかっただろうか。

もし、『センセイの鞄』に問題があるとしたら、まさにその点であろう。

本書を読み終えたあなたは、「なんか知らん、いい感じのお話だったよ」と思っているにちがいない。「こういうのって好きかも」と思い、「ふぅ」と溜め息《たいき》をもらしたり、ちょっと涙をぬぐったりなんかもしたかもしれない。

それこそが『センセイの鞄』のかえがたい魅力なのだが、でも、こうもいえるわけ。読者をそんなに甘やかしてはいけないいんじゃないのか、と。

川上弘美の得意技、それは「はぐらかし」である。ことが核心に近づけば近づくほど、語り手はすっと逃げ、作中人物はさっと身をかわす。

『センセイの鞄』は二〇〇〇年いっぱいで休刊した月刊誌「太陽」の最後の連載小説であった。秋のキノコ狩り、冬の湯豆腐、春の花見、夏の海辺など、季節季節の風物と酒肴《しゅこう》がそこにはさりげなく盛り込まれ、汽車土瓶から卸し金まで、渋い小物がノスタルジックな雰囲気をかもし出す。伊良子《いらこ》清白《せいはく》の詩など、センセイの国語教師らしい博学ぶりが作品に気品と格調を与える。二十世紀の終わりともに幕を下ろした「太陽」は骨董趣味と文学趣味をほどよくミックスした雑誌であり、『センセイの鞄』はその最後を飾るのにまこと相応《ふさわ》しい小説だった。

けれど、油断してはいけない。構造的に見ると、『センセイの鞄』は通俗的な恋愛小説の定石を踏襲しつつ、それを反転した物語でもあるからだ。

骨董趣味的な表層をはがしてみよう。センセイに対するツキコさんの気持ちを恋愛に転化させたのは、世間的な恋愛のルールに忠実な小島孝への違和感と、センセイと旧知の石野先生への嫉妬《しっと》である。異物ともいえる第三者の登場が恋愛感情に火をつける。恋愛小説の常道というべき展開だ。〈恋愛というものを、自分はしにくい質なのかもしれないとしみじみ思っていた。恋愛というものが、そんなじゃらじゃらしたものなら、あまりしたくないとも思っていた〉とかいっちゃってるけど、いまどき珍しいほど、これは直球勝負の恋愛小説だったりもするのである。

しかし、はたしてそれだけなのか。

徳富蘆花《ろか》『不如帰《ほととぎす》』から伊藤左千夫『野菊の墓』、堀辰雄『風立ちぬ』、そして村上春樹『ノルウェイの森』や片山恭一『世界の中心で、愛をさけぶ』にいたるまで、日本の恋愛小説には「死んだ恋人を男が追想する物語」が異様に多かったのである。それを思うと、『センセイの鞄』の文学史的な価値、あるいは批評的に位置が浮かび上がってこよう。語り手（恋愛の主体）は女。死ぬのは男。『センセイの鞄』は伝統芸的恋愛小説をひっくり返した物語なのだ。

ツキコさんがセンセイを想《おも》うとき、しばしば空には月がある。もう一度ページをめくり直してみてほしい。ほら、あそこにも、ここにも……。

陽でなく陰。太陽ではなく、月の側から発想した恋愛小説。〈遠いようなできごとだ。センセイと過ごした日々は、あわあわと、そして色濃く、流れた〉とツキコさんに追慕されるセンセイは、(男だけど)まるでかぐや姫のようだ。

さて、では『センセイの鞄』はリアリズム小説なのか、一種の幻想譚なのか。ま、そこは深く追及せぬが花だろう。『センセイの鞄』の後、川上弘美は「はぐらかさない小説」の世界に一歩踏み出したように見える。その意味でも本書は初期川上文学の集大成といっていい作品だろう。その主たる舞台が居酒屋である点に私は作者の茶目っ気を感じる。なにしろ二人が会うときは、たいてい酒が入って酔っ払っているのである。現実と幻想の区別が曖昧《あいまい》でも当たり前なのだ。

(平成十九年八月、文芸評論家)

この作品は二〇〇一年六月平凡社より刊行され、
二〇〇四年九月文春文庫に収録された。

センセイの鞄《かばん》

新潮文庫　か-35-5

平成十九年十月一日発行
令和四年十月十日十刷

著者　川《かわ》上《かみ》弘《ひろ》美《み》

発行者　佐藤隆信

発行所　株式会社新潮社

郵便番号　一六二―八七一一
東京都新宿区矢来町七一
電話　編集部(〇三)三二六六―五四四〇
読者係(〇三)三二六六―五一一一
http://www.shinchosha.co.jp

価格はカバーに表示してあります。

乱丁・落丁本は、ご面倒ですが小社読者係宛ご送付ください。送料小社負担にてお取替えいたします。

印刷・株式会社精興社　製本・加藤製本株式会社

ISBN978-4-10-129235-9 C0193